OSCAR WILDE

Le Fantôme de Canterville

et autres contes

TRADUCTION ET NOTES DE JULES CASTIER

Préface et commentaires de Jean-Luc Steinmetz

Dessins de Maurice Henry

LE LIVRE DE POCHE
Classiques

Jean-Luc Steinmetz, professeur à l'Université de Nantes, a publié divers livres de poèmes, des essais critiques : *La France frénétique de 1830* (Phébus), *Le Champ d'écoute* (La Baconnière), *Pétrus Borel, un auteur provisoire* (PUL, coll. « Objet »), des éditions commentées de Nodier, Rimbaud, Lautréamont. Il collabore aux *Œuvres complètes* de Nerval (Bibliothèque de La Pléiade). Il prépare actuellement un « Que sais-je ? », *La Littérature fantastique* (PUF) et un nouveau recueil d'essais critiques, *La Poésie et ses raisons* (J. Corti).

ISBN : 978-2-253-04808-4 - 1re publication - LGF

Préface

LES SOURIRES DU MYSTÈRE

Le nom d'Oscar Wilde évoque encore de nos jours une vie de désordres, de fastes ou de misère, un procès retentissant, une incarcération sans doute injuste à laquelle il sut donner les prestiges d'une sorte de « saison en enfer » quand il écrivit la *Ballade de la Geôle de Reading*. A le remémorer, on sent le poids d'une malédiction. Ainsi le voulurent l'Histoire et sa destinée, et l'on ne saurait effacer par pudeur les infortunes de cette existence assez délibérément vouée au scandale pour en retirer une trouble jouissance, ce qui transforme Wilde en cette victime-bourreau imaginée par Baudelaire dans son poème l'*Heautontimoroumenos*, « l'homme qui se châtie lui-même ». Partisan d'un art pour l'art hérité de Théophile Gautier et surtout des préraphaélites, Wilde, sa vie durant, s'emploiera à soutenir les hautes causes de l'esthétisme, le sien allant parfois jusqu'au maniérisme. Il en acquerra la seule noblesse qui — selon Mallarmé — vaille en ce temps —, celle de l'esprit.

Son unique roman et son ouvrage le plus célèbre, *Le Portrait de Dorian Gray*, met en lumière par une fiction qui s'apparente au fantastique le double mauvais, voire satanique, qui habite souvent le cœur de l'homme et y installe une terrible épreuve négative de l'apparence. La beauté de Dorian Gray, celle d'Oscar Wilde, furent tôt contaminées par l'impureté de vices majeurs. Il y alla pour Wilde d'une recherche méditée alors que Gray, son héros, aurait sans doute gardé ses illusions sur la vie s'il n'avait été convaincu par les paroles d'un mentor démoniaque, Lord Henry, où il n'est guère difficile de reconnaître le romancier lui-même. Entraîné sur la pente des plaisirs les plus sombres, Gray conservera cependant un visage irréprochable et comme miraculeusement préservé des tares profondes qui l'accablent. Mais c'est sur son portrait, gardé dans une chambre secrète, que se reportent fidèlement, à l'égal de stigmates, les signes de sa conduite dépravée. Le tableau affiche une vérité intérieure, là où le visage de chair et d'os n'offre toujours que l'aspect le plus pur et le plus rayonnant, mais aussi le plus mensonger.

Il n'aurait pas été opportun de rappeler aussi longuement *Le Portrait de Dorian Gray* si l'on ne trouvait déjà indiqués dans les quatre histoires que nous présentons aujourd'hui certains traits qui l'annoncent. *Dorian Gray* est un récit allégorique qui se sert d'une convention fantastique inspirée d'Edgar Poe : une peinture se modifie, témoignant par là des transformations spirituelles que subit son modèle. Deux des quatre récits groupés par Wilde reposent aussi sur des données étranges, sinon surnaturelles. (Certes, comme nous le verrons bientôt, Wilde réserve alors à l'extraordinaire un tout autre traitement que celui, non parodique, dont il usera dans *Dorian Gray*.) Il se trouve, en outre, que l'ambivalence qui caractérise Gray et qui introduit dans sa vie un mystère, ces nouvelles antérieures en portent déjà la trace, soit dans le caractère des personnages, soit dans le tour de l'intrigue. Toutefois, à considérer *Dorian* et ces contes ou *stories* (histoires), on s'aperçoit que Wilde semble avoir commencé par démystifier un genre, celui du fantastique, utilisé plaisamment dans les *stories*, pour ensuite s'y conformer pleinement dans son roman. Cette remarque, en fait, ne tient que si l'on s'attache à la chronologie des œuvres : les *stories* sont publiées en 1887 (et recueillies en volume en 1891) ; *Le Portrait de Dorian Gray* en 1890. Mais il ne faut pas en déduire une décision claire de la part de leur auteur, une quelconque cohérence dans la trajectoire de son œuvre où domine, de toute façon, un goût pour l'artifice, voire l'artificiel, celui-ci permettant de toucher plus sûrement la vérité.

***

Le Fantôme de Canterville, Le Crime de Lord Arthur Savile furent popularisés par le cinéma. L'argument en est suffisamment connu pour que l'on se dispense de le rappeler, surtout si l'on pense que tout lecteur doit commencer par lire les textes une première fois, s'y aventurer comme dans une contrée neuve — plaisir d'explorateur que trop souvent les préfaces détruisent.

Ce qu'on retiendra surtout de Wilde conteur, c'est son sens très spécifique de l'humour. Cet « esprit » faisait partie intégrale de sa personne, de sa conversation qui était un spectacle et, pour lui, constituait une *raison d'être*. Ses nouvelles furent souvent dites avant d'être écrites. Ou, du moins, conçues à partir d'un canevas, donnèrent-elles lieu d'abord à une expérimentation orale avant leur première publication en revue. De là, non pas une exubérance du style, fréquente chez ses contemporains et souvent pernicieuse, mais une ligne parfaite de composition, une clarté joueuse, une vivacité — car tous les personnages de Wilde sont des causeurs émérites, et ils ont le sens des répliques, comme les membres de la famille Otis parlant au fantôme. Wilde sait donner le ton de la vie, comme il maîtrise l'art de développer une histoire dans le temps. *Le Fantôme de Canterville* forme le « journal d'une apparition » dont nous pouvons fort bien repérer les phases, accordées aux saisons. *Le Crime de Lord Arthur Savile* vaut également par sa durée qui crée divers suspens, d'ailleurs plus risibles qu'angoissants, le principal héros se trouvant toujours contrarié dans ses projets pourtant médités avec soin. L'humour de Wilde tient d'abord à un style qui, s'écartant de l'attendrissement sans toutefois se l'interdire tout à fait, suppose une vision seconde de ce qui est dit. Ce n'est pas en réaliste qu'il décrit l'arrivée au manoir de Canterville ou la soirée chez Lady Windermere, mais en observateur légèrement cynique (lui-même pourrait faire partie de ceux dont il se moque), incapable d'écrire la moindre phrase sans y ajouter le sel de son ironie. Le fantastique n'est évidemment pour lui qu'un moyen. Bien avant de composer ses pièces, il montre déjà dans ces « tableaux » un talent consommé pour cerner des personnages, en dessiner les travers essentiels ou souligner l'arête comique d'une situation.

On n'ignore pas que le mot anglais humour vient de notre ancien français *humeur* se référant à une conception physiologique du corps humain, l'humeur désignant la « substance fluide d'un corps organisé ». L'humour anglais — auquel on n'oserait comparer notre trop illustre « gauloiserie » — n'est pas le fait des natures les plus expansives et l'on sait qu'au nombre de ses représentants les plus avérés compte le sombre prince d'Elseneur, Hamlet. Une telle attitude envers la vie, dont les lois sont alors parfaitement connues pour être renversées ou contournées, ne va pas sans un fond d'incurable mélancolie. L'*humeur noire* trouve sa compensation dans l'humour, jouant avec les mots, les situations, les difficultés que réserve l'existence aux tempéraments originaux et rebelles. *Le Fantôme de Canterville, Le Crime de Lord Arthur Savile* parviennent ainsi à conjurer notre commune ennemie : la mort. Dans un cas, le repos est enfin rendu à une âme en peine et la conclusion pourrait être qu'il n'est rien de pire, rien de plus fatigant qu'une vie dans l'au-delà. Une jolie tombe, entourée de frais gazon, que souhaiter de mieux pour ses très vieux jours ? Quant aux puissances du destin mises en œuvre dans la seconde nouvelle, il est permis de croire qu'elles arrivent parfois à leurs fins sans nécessairement causer la catastrophe finale que convoitent les tragédies.

Avec la légèreté et la bienveillance d'un homme de la « fin de siècle » un peu lassé par les histoires d'ectoplasmes et de prémonitions dont l'époque était friande (de nouvelles pseudo-sciences en naissaient comme la parapsychologie ; d'autres comme la chiromancie s'y affermissaient). Wilde promène un éclairage sur des zones d'ombre : maisons hantées, prédestination ; sans éliminer le précieux frisson que tout auteur fantastique se doit de procurer, il construit des textes vifs, critiques, où l'intérêt ne faiblit pas par suite d'une trop évidente démystification. Le fantastique devient merveilleux dans *Le Fantôme de Canterville*. Dans *Le Crime de Lord Arthur Savile*, la préméditation se résout en effets comiques. On aurait tort cependant de penser que Wilde, par la virtuosité de ses récits, élimine aussi aisément l'angoisse qui le trame et qui ressortira avec tant de violence dans *Le Portrait de Dorian Gray*. Ces admirables fantaisies qui se jouent des règles de genres littéraires convenus, il ne les dépouille pas entièrement des interrogations majeures qui resteront les siennes jusqu'à la fin de sa vie. Et si la rapidité de l'action, l'insouciance de certains personnages, l'aspect caricatural de quelques autres lui permettent de ne jamais s'appesantir et vont jusqu'à donner l'impression de faire bon marché de toute gravité, il n'empêche que l'on perçoit fort bien le désabusement profond dont ils procèdent. Chez Wilde, il n'y a pas de sentimentalisme, ce qui avachirait les brillantes maisons de papier qu'il nous propose d'habiter le temps d'une lecture, mais une « attention » pour les quelques dépités de ses histoires. Le fantôme dont il nargue d'abord la vanité de m'as-tu-vu, Wilde, comme Virginia, compatit à son désarroi et le délivre de la malédiction ; et c'est avec une sympathie manifeste qu'il suit les démarches de Lord Savile, snob et futur homicide, aussi inquiet qu'Œdipe cherchant à connaître le coupable désigné par l'oracle, mais ici l'assassin n'est que trop évident ; seule la victime pose problème ! Quand sont passées les bornes de la compassion, Wilde est assurément moins remarquable, et *Le Millionnaire modèle*, histoire plus touchante qu'humoristique, n'ajoute rien à sa gloire.

***

Par ces quatre premières nouvelles, composées dans l'une des périodes les plus heureuses et les plus calmes de son existence, le futur prisonnier de Reading fait preuve d'un double talent : satirique — en cela il donnait une leçon (mais avec une grande délicatesse) à ceux qui, dès ses débuts tapageurs, l'avaient pris pour cible de leurs articles désobligeants ; esthétique surtout, car il se place ainsi à distance de lui-même, non sans parfois apparaître dans un coin du tableau. Distance non méprisante donc, mais souriante, remettant en cause sans les défaire certains genres conventionnels et proposant de façon très détachée une lecture de l'époque. L'art ne pouvait que bénéficier de cette posture difficile à tenir, mais où la finesse du trait l'emporte, par élégance, sur la description tatillonne et scrupuleuse. Ces pages tendrement moqueuses nous font partager un amusement supérieur dont la générosité n'est pas absente. L'amoralisme de Wilde n'en est pas moins un humanisme. Dissimulant ici son penchant pour l'abîme par des *happy ends* enjoués, il nous montre que l'œuvre d'art doit plaire. Grande règle classique qu'illustrent ses nouvelles avec une exquise impertinence. En faisant miroiter les facettes d'un récit, Wilde donne de la littérature une version ludique où gagnent, fraîches et rieuses, les forces de la vie.

JEAN-LUC STEINMETZ

Le Fantôme de Canterville

Fantaisie hylo-idéaliste

1

Lorsque Mr. Hiram B. Otis, le ministre américain, acheta le domaine de Canterville Chase, tout le monde lui dit qu'il faisait une folie car il n'y avait pas le moindre doute que le manoir fût hanté. A tel point, d'ailleurs, que Lord Canterville lui-même, très scrupuleux en matière d'honneur, avait estimé de son devoir d'en dire un mot à Mr. Otis quand ils en étaient venus à discuter des conditions de vente.

« Nous n'avons voulu y habiter, quant à nous, dit Lord Canterville, depuis que ma grand-tante, la duchesse douairière de Bolton, a été prise de convulsions à la suite d'une peur épouvantable, dont elle ne s'est jamais tout à fait remise, lorsque deux mains de squelette se sont posées sur ses épaules au moment où elle s'habillait pour le dîner, et je me considère comme tenu de vous dire, Mr. Otis, que le fantôme a été vu par diverses personnes de ma famille encore en vie, ainsi que par le recteur de la paroisse, le révérend Augustus Dampier, qui est diplômé de Trinity College, à Cambridge. Après le regrettable accident survenu à la duchesse, aucun de nos jeunes domestiques n'a plus voulu rester auprès de nous, et Lady Canterville a passé plus d'une nuit blanche à cause des bruits mystérieux qui venaient du couloir et de la bibliothèque.

— Milord, répondit le ministre, je suis prêt à prendre le mobilier et le fantôme à leur valeur d'estimation. Je viens d'un pays moderne, où nous avons tout ce que l'argent peut acheter ; et, avec tous nos fringants jeunes gens qui viennent faire la noce en Europe, et qui enlèvent vos meilleures actrices et cantatrices, je gage que s'il y avait le moindre fantôme en Europe, nous l'aurions bien vite chez nous, dans un de nos musées publics, ou en tournée pour l'exhiber.

— Je crains que le fantôme n'existe bel et bien, dit Lord Canterville en souriant, et qu'il puisse résister aux propositions de vos imprésarios, si entreprenants soient-ils. Il est bien connu depuis trois siècles, exactement depuis 1584, et il fait toujours son apparition avant la mort d'un membre de notre famille.

— Ma foi, il en est de même du médecin de famille, tout bien considéré, Lord Canterville. Mais les fantômes n'existent pas, monsieur, et j'imagine que les lois de la nature ne vont pas se trouver suspendues pour l'aristocratie britannique.

— Vous êtes certes fort "nature", en Amérique, répondit Lord Canterville, qui ne comprit pas très bien la dernière observation de Mr. Otis, et si vous ne voyez pas d'inconvénient à la présence d'un fantôme dans la maison, tout va bien. Mais vous voudrez bien vous souvenir que je vous ai averti. »

Quelques semaines après cet entretien, l'acquisition fut effectuée, et à la fin de la saison le ministre et sa famille s'installèrent à Canterville Chase.

Mrs. Otis, qui, sous le nom de Miss Lucretia R. Tappan, de West 53 Street, avait été une beauté célèbre de New York, était à présent une fort belle femme, entre deux âges, avec de beaux yeux et un profil superbe. Beaucoup d'Américaines, lorsqu'elles abandonnent leur pays natal, adoptent un air de mauvaise santé chronique, avec l'impression que c'est là une forme de raffinement européen ; mais Mrs. Otis n'était jamais tombée dans ce piège. Elle avait une constitution magnifique, et une vitalité quasi animale. Certes, par beaucoup de côtés, elle était tout à fait anglaise, et elle constituait un excellent exemple de ce fait que nous avons actuellement tout en commun avec l'Amérique, hormis, bien entendu, la langue[1].

Son fils aîné, prénommé Washington par ses parents dans un instant de patriotisme, qu'il n'avait jamais cessé de regretter, était un jeune homme aux cheveux blonds, assez beau garçon, qui s'était qualifié pour la diplomatie américaine en conduisant le cotillon au casino de Newport durant trois saisons consécutives, et il était connu, même à Londres, pour être un excellent danseur. Les gardénias et la noblesse étaient ses seules faiblesses. Pour tout le reste, il était extrêmement sensé.

Miss Virginia E. Otis était une fillette de quinze ans, souple et charmante comme un faon, avec un regard plein d'une belle liberté dans ses grands yeux bleus. C'était une amazone remarquable, et elle avait un jour fait la course sur son poney avec le vieux Lord Bilton, parcourant deux fois tout le circuit du parc, et gagnant d'une longueur et demie, juste en face de la statue d'Achille, pour le plus grand plaisir du jeune duc de Cheshire, qui avait sur-le-champ demandé sa main, et avait été renvoyé en larmes le soir même à Eton[2] par ses tuteurs.

Après Virginia venaient les jumeaux, qu'on appelait

1. C'est là une remarque pleine d'ironie. L'américain se distingue, en effet, de l'anglais, par un accent nasillard et spécial, pour la langue parlée ; et, dans la langue écrite, par l'orthographe de certains mots et l'emploi de certaines tournures, que les Anglais estiment vulgaires. Mais il est de fait que, dans quelques générations, les deux langues seront vraisemblablement assez différentes.

2. Eton (près de Windsor) est l'une des « public schools » (écoles secondaires privées) les plus aristocratiques et les plus coûteuses de l'Angleterre.

habituellement les « Stars and Stripes[1] », car ils recevaient constamment des corrections. C'étaient des garçons charmants, et, à l'exception du digne ministre, les seuls républicains authentiques de la famille.

Canterville Chase étant situé à onze kilomètres d'Ascot, la gare de chemin de fer la plus proche, Mr. Otis avait télégraphié pour qu'une voiture les y attendît, et ils se mirent en route pleins d'entrain.

C'était une splendide soirée de juillet, et l'air était embaumé de l'odeur des forêts de pins. De temps à autre ils entendaient un ramier écoutant complaisamment son propre roucoulement, ou apercevaient, profondément tapi parmi les fougères bruissantes, le poitrail bruni du faisan. De petits écureuils leur lançaient des regards curieux du haut des hêtres, tandis qu'ils passaient, et les lapins détalaient à toute allure à travers les fourrés et par-dessus les tertres moussus, leur queue blanche dressée en l'air.

Lorsqu'ils pénétrèrent dans l'avenue de Canterville Chase, toutefois, le ciel se couvrit de nuages, un calme bizarre parut s'emparer de l'atmosphère, un grand vol de corneilles passa silencieusement au-dessus de leurs têtes, et, avant qu'ils n'eussent atteint la maison, il était tombé quelques grosses gouttes de pluie.

Debout sur le perron, pour les recevoir, se tenait une vieille femme, proprement habillée de soie noire, en bonnet et tablier blancs. C'était Mrs. Umney, la gouvernante, que Mrs. Otis, à la prière instante de Lady Canterville, avait consenti à maintenir dans sa situation antérieure. Elle leur fit à tous une profonde révérence à mesure qu'ils descendaient de voiture, et dit, d'une gentille voix à l'ancienne mode :

1. Surnom donné au drapeau américain. Littéralement « les étoiles et les rayures ».

« Soyez les bienvenus à Canterville Chase, je vous prie. »

A sa suite, ils traversèrent le beau vestibule Tudor et entrèrent dans la bibliothèque, pièce longue et basse, lambrissée de chêne noir, au fond de laquelle il y avait une grande fenêtre à vitrail. Ils y trouvèrent le thé servi, et, après s'être débarrassés de leurs manteaux, ils s'assirent et se mirent à regarder alentour, tandis que Mrs. Umney les servait.

Tout à coup, Mrs. Otis aperçut une tache rouge sombre sur le parquet, tout près de la cheminée, et, sans la moindre idée de ce que cela pouvait être, elle dit à Mrs. Umney :

« Je crois bien qu'on a dû répandre là quelque chose.

— Oui, madame, répondit la vieille gouvernante d'une voix assourdie, on a répandu du sang en cet endroit.

— Mais c'est abominable, s'écria Mrs. Otis ; je n'aime pas du tout les taches de sang dans une pièce où l'on se tient. Il faut la nettoyer tout de suite. »

La vieille femme sourit, et répondit de la même voix basse et mystérieuse :

« C'est le sang de Lady Eleanore de Canterville, qui fut assassinée en cet endroit même par son propre mari, Sir Simon de Canterville, en 1575. Sir Simon lui survécut neuf ans, et disparut tout à coup dans des circonstances fort mystérieuses. Son corps n'a jamais été découvert, mais son esprit, coupable de ce meurtre, hante encore le manoir. Cette tache de sang a été très admirée par tous les visiteurs, et il est impossible de l'enlever.

— Tout ça, c'est de la blague, s'écria Washington Otis ; le Super-Kinettoy et Extra-Détersif Pinkerton enlèvera ça en un rien de temps. »

Et, avant que la gouvernante épouvantée eût eu le temps d'intervenir, il était à genoux, et frottait vivement le parquet avec un petit bâton qui ressemblait à un cosmétique noir. Au bout de quelques instants, on ne voyait plus aucune trace de la tache de sang.

« Je savais bien que le Pinkerton en viendrait à bout », s'écria-t-il triomphalement, se retournant vers sa famille pleine d'admiration.

A peine eut-il prononcé ces mots, qu'un éclair terrible illumina la pièce sombre : un coup de tonnerre épouvantable les fit tous se dresser d'un bond, et Mrs. Umney s'évanouit.

« Quel climat monstrueux ! dit avec calme le ministre américain, tout en allumant un long cigare. Je gage que la vieille terre des ancêtres est tellement surpeuplée qu'ils ne peuvent faire des conditions météorologiques convenables à tout le monde. J'ai toujours été d'avis que l'émigration était la seule chose qui convînt à l'Angleterre.

— Mon cher Hiram, s'écria Mrs. Otis, que pouvons-nous faire d'une femme qui a des évanouissements ?

— Il faut les lui retenir sur ses gages, comme les bris de vaisselle, répondit le ministre ; après cela, elle ne s'évanouira plus. »

Au bout de quelques instants, Mrs. Umney revint à elle, effectivement. Il était hors de doute, cependant, qu'elle était extrêmement inquiète, et elle avertit d'un air sévère Mr. Otis d'avoir à prendre garde à quelque malheur prêt à s'abattre sur la maison.

« Monsieur, j'ai vu des choses, de mes propres yeux, dit-elle, des choses qui feraient dresser les cheveux sur la tête de n'importe quel chrétien, et nombreuses sont les nuits où je n'ai pas fermé l'œil à cause des choses épouvantables qui se passent ici. »

Cependant Mr. Otis et sa femme assurèrent chaleureusement à la brave vieille qu'ils n'avaient pas peur des revenants. Après avoir appelé les bénédictions de la Providence sur son nouveau maître et sa nouvelle maîtresse, et jeté les bases d'une augmentation d'appointements, la vieille gouvernante s'en alla en chancelant vers sa chambre.

2

L'orage se déchaîna toute cette nuit-là, mais il ne se produisit rien qui mérite d'être noté. Toutefois, le lendemain matin, lorsqu'ils descendirent pour le petit déjeuner, ils retrouvèrent la terrible tache de sang sur le parquet.

« Je ne crois pas que ce soit la faute de l'Extra-Détersif, dit Washington, car je l'ai éprouvé avec tout. Ce doit être le fantôme. »

Il effaça donc une seconde fois la tache, mais le lendemain matin elle reparut encore. Le jour suivant elle était encore là, bien que la bibliothèque eût été fermée à clef pour la nuit par Mr. Otis lui-même, et qu'il eût emporté la clef à l'étage. Toute la famille fut dès lors fort intéressée par cet événement ; Mr. Otis commença à soupçonner qu'il avait été trop dogmatique dans sa dénégation de l'existence des spectres, Mrs. Otis manifesta son intention de faire partie de la Société Spirite, et Washington prépara une longue lettre à MM. Myers et Podmore[1], au sujet de la « Permanence des taches sanglantes lorsqu'elles se rattachent à un crime ». Cette nuit-là, tous les doutes relatifs à l'existence objective des apparitions furent levés à tout jamais.

1. Écrivains qui se sont spécialement occupés des questions de spiritisme.

La journée avait été chaude et ensoleillée ; et, à la fraîcheur du soir, toute la famille alla faire une promenade en voiture. Ils ne rentrèrent qu'à neuf heures, et prirent alors un souper léger. La conversation ne tomba nullement sur les fantômes, de sorte qu'il n'y eut même pas ces conditions initiales d'attente qui précèdent si souvent la manifestation de phénomènes parapsychiques. Les sujets dont il fut question, ainsi que je l'ai appris par la suite de la bouche de Mr. Otis, furent simplement de ceux qui constituent la conversation habituelle des Américains cultivés des classes supérieures — tels que l'immense supériorité, comme actrice, de Miss Fanny Davenport sur Sarah Bernhardt ; la difficulté qu'il y avait à se procurer des épis de maïs vert, des galettes de sarrasin et de la bouillie de maïs[1], même dans les meilleures maisons anglaises ; l'importance de Boston dans le développement de l'esprit universel ; les avantages du système d'enregistrement des bagages dans les voyages en chemin de fer ; et la douceur de l'accent de New York, en comparaison du parler traînard de Londres. Il ne fut absolument pas question de surnaturel, et l'on ne fit en aucune façon allusion à Sir Simon de Canterville. A onze heures la famille se retira, et dès onze heures et demie toutes les lumières étaient éteintes.

Quelque temps après, Mr. Otis fut réveillé par un bruit bizarre dans le couloir, à l'extérieur de sa chambre. On eût dit un tintement de métal, et il semblait se rapprocher d'instant en instant. Il se leva immédiatement, frotta une allumette, et regarda l'heure. Il était exactement une heure. Mr. Otis était très calme, et se tâta le pouls, qui n'était nullement fébrile. Le bruit étrange se prolongea encore, et il entendit

1. Plats dont les Américains sont particulièrement friands.

en même temps distinctement un bruit de pas. Il chaussa ses pantoufles, prit dans sa mallette une petite fiole oblongue, et ouvrit la porte. Juste en face de lui il vit, au pâle clair de lune, un vieillard d'aspect terrible. Il avait des yeux rouges pareils à des charbons incandescents ; une longue chevelure grise lui tombait sur les épaules en tresses emmêlées ; ses vêtements, d'une coupe ancienne, étaient salis et élimés. De lourdes menottes et des fers rouillés lui pendaient aux poignets et aux chevilles.

« Cher monsieur, dit Mr. Otis, permettez-moi vraiment d'insister auprès de vous pour que vous huiliez ces chaînes : je vous ai apporté à cette fin un petit flacon de lubrifiant Soleil Levant Tammany. On le dit totalement efficace dès la première application, et il y a, sur l'emballage, plusieurs attestations allant dans ce sens, émanant de quelques-uns de nos ecclésiastiques les plus éminents. Je le laisse ici pour vous, à côté des veilleuses, et je me ferai un plaisir de vous en fournir encore au cas où vous en auriez besoin. »

Sur ces mots, le ministre des États-Unis posa le flacon sur une table à dessus de marbre, et, fermant sa porte, se retira dans sa chambre pour se reposer.

Un instant, le fantôme de Canterville demeura absolument immobile, dans un accès d'indignation bien naturelle ; puis, ayant lancé violemment le flacon sur le parquet poli, il s'enfuit le long du couloir, en poussant des gémissements sourds et en émettant une lueur verdâtre et fantomatique.

Mais, au moment précis où il atteignait le haut de l'escalier de chêne, une porte s'ouvrit brusquement, deux petits personnages apparurent, vêtus de longues robes blanches, et un gros oreiller lui frôla la tête avec un sifflement. Il n'y avait manifestement pas de temps à perdre ; aussi, adoptant à la hâte, comme moyen d'évasion, la quatrième dimension de l'espace, disparut-il à travers le lambris, et la maison devint-elle absolument silencieuse.

Dès qu'il eut atteint un petit cabinet secret dans l'aile gauche, il s'appuya contre un rayon de lune pour reprendre haleine, et se mit en devoir de faire le point de sa situation. Jamais, au cours de sa carrière brillante et ininterrompue depuis trois cents ans, il n'avait été aussi grossièrement insulté. Il songea à la duchesse douairière, qu'il avait frappée d'épouvante au moment où elle se tenait debout devant son miroir avec ses dentelles et ses diamants ; aux quatre servantes, qui avaient été saisies d'une crise d'hystérie alors qu'il les avait simplement regardées avec un rire grimaçant à travers les rideaux de l'une des chambres d'invités ; au recteur de la paroisse, dont il avait soufflé la bougie tandis qu'il sortait de la bibliothèque, un soir, à une heure avancée, et qui avait été depuis lors soigné par Sir William Gull, pour des troubles nerveux qui le martyrisaient ; et à la vieille Mme de Trémouillac, qui, s'étant réveillée un matin de bonne heure et ayant aperçu un squelette assis dans un fauteuil auprès du feu et lisant son journal intime, avait dû garder le lit pendant six semaines avec une fièvre cérébrale, et qui, après sa guérison, s'était réconciliée avec l'Église, et avait rompu ses relations avec ce sceptique notoire, M. de Voltaire. Il se rappela cette nuit terrible où l'abominable Lord Canterville avait été trouvé étouffant dans son cabinet de toilette, pour avoir été contraint par le fantôme — cela il le jura — à avaler le valet de carreau, qui lui était resté fiché en travers de la gorge, et dont il avoua, avant de mourir, s'être servi pour soutirer au jeu 50 000 livres à Charles James Fox, chez Crockford. Tous ses grands triomphes lui revinrent en mémoire, depuis le cas du maître d'hôtel qui s'était tué d'un coup de pistolet dans l'office parce qu'il avait vu une main verte frappant au carreau, jusqu'à celui de la belle Lady Stutfield, qui fut contrainte définitivement de porter un ruban de velours noir autour de la gorge pour cacher la brûlure qu'avaient laissée cinq doigts sur sa peau blanche, et qui finit par se noyer dans l'étang aux carpes à l'extrémité de l'Allée du Roi. Avec l'égotisme enthousiaste du véritable artiste, il passa en revue ses exploits les plus célèbres, et eut un sourire amer en se remémorant sa dernière apparition en tant que « Ruben le Rouge, ou le Nourrisson Étranglé », ses débuts comme « Gédéon le Décharné, le Suceur de Sang de Bexley Moor », et le succès prodigieux qu'il avait obtenu, par une splendide soirée de juillet, simplement en jouant aux quilles avec ses propres ossements sur le court de tennis gazonné. Et, après tout cela, quelques misérables Américains modernes venaient lui offrir le lubrifiant Soleil Levant, et lui lancer des oreillers à la tête ! C'était absolument intolérable. D'ailleurs, aucun fantôme de l'histoire n'avait jamais été traité ainsi. Aussi résolut-il de se venger, et il demeura jusqu'au jour plongé dans une profonde méditation.

3

Le lendemain matin, quand les membres de la famille Otis se retrouvèrent pour le petit déjeuner, ils parlèrent assez longuement du fantôme. Le ministre des États-Unis fut naturellement un peu contrarié de constater que son cadeau n'avait pas été accepté.

« Je n'ai nul désir, dit-il, de causer le moindre mal à ce fantôme, et je dois vous faire observer qu'étant donné le nombre de siècles qu'il a passés dans ces murs, j'estime qu'il n'est pas du tout poli de lui lancer des oreillers. »

Remarque fort juste, que les jumeaux, je regrette d'avoir à le dire, accueillirent avec des éclats de rire.

« D'autre part, reprit-il, s'il refuse absolument de se servir du lubrifiant Soleil Levant, il faudra que nous lui enlevions ses chaînes. Il serait tout à fait impossible de dormir, avec un tel tintamarre juste auprès de nos chambres. »

Pendant le reste de la semaine, toutefois, ils ne furent plus dérangés, la seule chose qui retînt leur attention étant le renouvellement constant de la tache de sang sur le parquet de la bibliothèque. C'était là, certes, un phénomène fort étrange, car la porte était toujours fermée à clef, le soir, par Mr. Otis, et les fenêtres tenues soigneusement closes. La couleur de la tache qui tenait du caméléon suscita aussi force commentaires. Certains jours, au matin, elle était d'un rouge sombre (presque indien) ; puis elle virait au vermillon, puis au pourpre généreux, et un jour qu'ils étaient descendus pour la prière familiale, selon les rites simples de la Libre Église Américaine Épiscopale Réformée, ils la trouvèrent d'un vert émeraude éclatant. Ces changements kaléidoscopiques amusèrent naturellement beaucoup la famille, et les paris étaient librement ouverts, à ce sujet, tous les soirs. La seule personne qui ne participât point à la plaisanterie était la petite Virginia, qui, pour quelque raison inexpliquée, paraissait toujours passablement contrariée à la vue de la tache de sang, et qui faillit pleurer le jour où elle fut vert émeraude.

La seconde apparition du fantôme eut lieu le dimanche soir. Peu après être allés se coucher, ils furent soudain alertés par un fracas épouvantable dans le vestibule. Étant redescendus précipitamment, ils constatèrent qu'une énorme armure ancienne s'était détachée de son socle, et était tombée sur le dallage, tandis qu'assis dans un fauteuil à haut dossier, le fantôme de Canterville se frottait les genoux, le visage empreint d'une expression de souffrance intense. Les jumeaux, qui avaient emporté leurs sarbacanes, lui décochèrent immédiatement deux boulettes, avec cette précision dans le pointage qui ne peut être obtenue que par une pratique longue et attentive sur la personne de son maître d'écriture — cependant que le ministre des États-Unis le menaçait de son revolver et le sommait, conformément à l'étiquette californienne, de lever les mains en l'air ! Le fantôme se dressa d'un bond, avec un hurlement sauvage de colère, et les traversa comme une brume, éteignant en passant la bougie de Washington Otis, ce qui les laissa tous dans l'obscurité complète.

Lorsqu'il arriva en haut de l'escalier, il reprit ses esprits, et résolut de lancer son célèbre éclat de rire démoniaque. Il l'avait, en plus d'une circonstance, trouvé extrêmement utile. On dit que ce rire avait, en une seule nuit, fait grisonner la perruque de Lord Raker, et il avait certainement été cause que trois des gouvernantes françaises de Lady Canterville avaient donné congé avant d'avoir terminé leur premier mois. Il lança donc son rire le plus horrible, au point que les vénérables voûtes résonnèrent de son écho ; mais à peine le dernier éclat s'était-il éteint, qu'une porte s'ouvrit, et que Mrs. Otis sortit de sa chambre, vêtue d'un peignoir bleu clair.

« Votre santé me paraît vraiment laisser à désirer, dit-elle ; aussi vous ai-je apporté un flacon de l'élixir du docteur Dobell. Si vous souffrez d'une indigestion, vous constaterez que c'est un remède tout à fait excellent. »

Le fantôme la fusilla du regard, et s'apprêta immédiatement à se transformer en un gros chien noir, talent pour lequel il était à juste titre renommé, et auquel le médecin de la famille avait toujours attribué l'idiotie définitive de l'oncle de Lord Canterville, l'Honorable[1] Thomas Horton. Toutefois, un bruit de pas se rapprochant le fit hésiter dans son féroce dessein, de sorte qu'il se contenta de devenir légèrement phosphorescent, et de disparaître avec un gémissement sépulcral, juste au moment où les jumeaux le rejoignaient.

Ayant regagné sa chambre, il perdit totalement contenance, et devint la proie de l'agitation la plus violente. La vulgarité des jumeaux, et le matérialisme

1. Le titre d'« Honorable » (Hon.) est décerné aux fils cadets des comtes, aux fils et aux filles des pairs de rang inférieur à celui de marquis, et à divers autres personnages.

grossier de Mrs. Otis lui étaient, bien entendu, extrêmement désagréables ; mais ce qui, à dire vrai, le contrariait le plus, c'était d'avoir été incapable de revêtir l'armure. Il avait espéré que même des Américains modernes frémiraient à la vue d'un fantôme en armure, ne serait-ce, à défaut de raison plus sensée, que par respect pour leur poète national Longfellow[1], grâce à la poésie gracieuse et attrayante de qui il avait, quant à lui, charmé bien des heures d'ennui, pendant que les Canterville étaient à Londres. De plus, c'était sa propre armure. Il l'avait portée avec beaucoup de succès au tournoi de Kenilworth, et elle lui avait valu les compliments les plus chaleureux de la Reine Vierge elle-même. Pourtant, en essayant de la revêtir, il avait été complètement écrasé par le poids de l'énorme cuirasse et du heaume, et était tombé lourdement sur le sol dallé, s'écorchant sérieusement les deux genoux, et se meurtrissant les jointures de la main droite.

Pendant les jours qui suivirent ces événements il fut extrêmement malade, et c'est à peine s'il quitta sa chambre, si ce n'est pour entretenir en bon état la tache de sang. Cependant, à force de soins, il guérit, et résolut de faire une troisième tentative en vue d'effrayer le ministre des États-Unis et sa famille. Il choisit le vendredi 17 août pour effectuer son apparition, et employa la majeure partie de cette journée à passer en revue sa garde-robe. Il se décida finalement pour un grand chapeau de feutre mou avec une plume rouge, un linceul plissé aux poignets et au col, et un poignard rouillé.

Vers le soir il y eut un violent orage, et le vent était

1. Longfellow est l'auteur d'une petite poésie, fort populaire jadis, intitulée « Le Squelette en armure » ; ce passage est d'ailleurs une « pique » lancée par l'esthète Oscar Wilde au poète un peu trop élémentaire selon lui que fut Longfellow.

tellement déchaîné que toutes les fenêtres et les portes de la vieille maison tremblaient et claquaient. Bref, c'était précisément le genre de temps qu'il aimait. Voici quel était son plan de bataille : il devait se rendre sans bruit dans la chambre de Washington Otis, lui adresser, du pied du lit, un baragouin inintelligible, et s'enfoncer par trois fois le poignard dans la gorge aux sons d'une musique lente. Il en voulait tout particulièrement à Washington, car il savait fort bien que c'était lui qui avait l'habitude d'effacer la célèbre tache de sang de Canterville avec de l'Extra-Détersif Pinkerton. Ayant ainsi amené le jouvenceau téméraire et imprudent à un état de terreur abjecte, il devait alors se rendre dans la chambre occupée par le ministre des États-Unis et sa femme, et là, poser une main moite sur le front de Mrs. Otis, cependant qu'il susurrerait, à l'oreille de son mari, les secrets effroyables du charnier.

En ce qui concerne la petite Virginia, il ne s'était pas encore entièrement décidé. Elle ne l'avait jamais insulté d'aucune façon, et elle était jolie et douce. Quelques gémissements sourds issus de l'armoire, pensait-il, seraient largement suffisants, et si cela ne réussissait pas à la réveiller, il pourrait tirailler son couvre-pied avec des gestes saccadés de paralytique.

Quant aux jumeaux, il était absolument décidé à leur donner une leçon. La première chose à faire, c'était, bien entendu, de s'asseoir sur leur poitrine, de façon à produire une sensation étouffante de cauchemar. Puis, comme leurs lits étaient tout près l'un de l'autre, de se tenir debout entre les deux, en prenant la forme d'un cadavre livide et froid comme la glace, jusqu'à ce qu'ils fussent paralysés de peur, et enfin de rejeter le linceul et de ramper autour de la pièce, avec ses ossements tout blanchis et un seul œil qu'il ferait rouler dans son orbite — tenant ainsi le rôle de

« Daniel le Muet, ou le Squelette du Suicidé », personnage sous la forme duquel il avait en plus d'une circonstance produit un effet sensationnel, et qu'il considérait comme valant largement son célèbre rôle de « Martin le Maniaque, ou le Mystère Masqué ».

A dix heures et demie, il entendit la famille aller se coucher. Pendant quelque temps il fut dérangé par les éclats de rire déchaînés des jumeaux, qui, avec la gaieté insouciante des écoliers, s'amusaient manifestement avant de se retirer pour la nuit ; mais à onze heures et quart, tout était silencieux, et, aux douze coups de minuit, il se mit en route. La chouette battait des ailes contre les vitres, le corbeau croassait du haut du vieil if, et le vent errait en gémissant comme une âme en peine autour de la maison ; mais la famille Otis dormait, sans se douter du sort qui l'attendait, et il entendit, dominant de haut la pluie et le vent, le ronflement régulier du ministre des États-Unis. Il sortit à pas de loup de derrière le lambris, avec un sourire méchant aux coins de sa bouche cruelle et ridée, et la lune se voila la face derrière un nuage quand il passa à pas de loup devant la grande fenêtre en encorbellement, où ses propres armes, et celles de son épouse assassinée, étaient blasonnées en azur et or. Il poursuivit son chemin sans bruit, comme une ombre mauvaise, et l'obscurité elle-même semblait l'avoir en horreur tandis qu'il avançait. A ce moment, il crut entendre un appel, et s'arrêta ; mais ce n'était que l'aboiement d'un chien de la Ferme Rouge, et il reprit sa marche, en marmottant d'étranges jurons du XVIe siècle et en brandissant à tout instant le poignard rouillé dans l'air de minuit. Enfin il atteignit l'angle du couloir qui menait à la chambre de l'infortuné Washington. Un instant, il s'y arrêta, cependant que le vent faisait voler ses longues boucles grises autour de sa tête, et tordait en plis grotesques et fantastiques l'horreur sans nom du linceul du mort. L'horloge sonna le quart, et il se dit que l'heure était venue. Il eut un rire intérieur, et tourna le coin du couloir ; mais à peine l'eut-il fait qu'il recula avec un gémissement pitoyable de terreur, et cacha son visage blême dans ses longues mains osseuses.

Juste en face de lui se dressait un spectre horrible, immobile ainsi qu'une image taillée, et monstrueux comme le rêve d'un dément ! Sa tête était chauve et brunie, son visage, rond, gras, et blanc ; et un rire hideux semblait lui avoir tordu les traits en une grimace éternelle. Des yeux, s'échappaient à flots des rais de lumière écarlate, la bouche était un large puits de feu, et un vêtement hideux, pareil au sien, enveloppait de ses neiges silencieuses la forme titanesque Sur sa poitrine, était fixé un écriteau portant une inscription étrange en caractères antiques, et cela ressemblait à un parchemin ignominieux, où aurait été inscrite une liste de péchés épouvantables, une sorte de calendrier du crime ; et, dans la main droite, l'apparition brandissait un glaive d'acier brillant.

N'ayant encore jamais vu de fantôme, il fut naturellement fort épouvanté. et, après un second coup d'œil lancé en hâte sur l'effarante apparition, il s'enfuit vers sa chambre en trébuchant dans son suaire, tandis qu'il courait dans les couloirs. Finalement il laissa tomber le poignard rouillé dans les bottes du ministre, où il fut retrouvé le lendemain matin par le valet. Une fois dans ses appartements, il se jeta sur un petit grabat, et enfouit son visage sous les couvertures. Au bout de quelque temps, toutefois, le vieux courage des Canterville reprit le dessus, et il résolut d'aller parler à l'autre fantôme lorsqu'il ferait jour. Aussi, dès que l'aube eut commencé à tacher d'argent les collines, retourna-t-il vers l'endroit où il avait aperçu pour la première fois le fantôme menaçant, ayant le sentiment qu'après tout deux fantômes valaient mieux qu'un seul, et que, grâce à l'aide de son nouvel ami, il pourrait en toute sécurité se colleter avec les jumeaux. Une fois sur place, cependant, un spectacle terrible s'offrit à sa vue. Il était manifestement arrivé un malheur au spectre, car la lumière s'était totalement évanouie de ses yeux creux, le glaive luisant était tombé de sa main, et il s'appuyait au mur dans une attitude tendue et incommode. Le fantôme s'élança en avant et le saisit dans ses bras, lorsque, à sa grande horreur, la tête se détacha et roula à terre, le corps prit une position couchée, et il se retrouva en train d'étreindre un rideau de lit en basin blanc, tandis qu'un balai, un couperet de cuisine, et un navet creux gisaient à ses pieds ! Incapable de comprendre cette transformation curieuse, il saisit le panneau avec une hâte fébrile, et il y lut, à la lumière grise du matin, ces mots effrayants :

Iceluy phantasme des Otis
Seul spectre véritable et original
Méfiez-vous des contrefaçons
Tous autres sont faux

Comme un éclair, la vérité se fit jour dans son esprit. On s'était moqué de lui, il avait été joué, floué ! Le vieux regard des Canterville passa dans ses yeux ; il serra ses gencives édentées ; et, levant ses mains flétries au-dessus de sa tête, il jura, selon la phraséologie pittoresque de la vieille école, que « quand Chantecler aurait fait retentir par deux fois son cor joyeux, la geste de sang s'accomplirait, et le Meurtre se mettrait en chemin, de sa démarche silencieuse ».

A peine eut-il proféré ce serment effroyable, que, du haut du toit aux tuiles rouges d'une ferme lointaine, un coq chanta. Il partit d'un long rire, bas et amer, et

attendit. D'heure en heure, il prolongea son attente, mais le coq, pour quelque raison étrange, ne chanta plus. Enfin, à sept heures et demie, l'arrivée des servantes le contraignit à abandonner son effrayante veille, et il regagna doucement sa chambre, songeant à son vain espoir et à son dessein contrecarré. Là, il consulta plusieurs livres de chevalerie ancienne, qu'il affectionnait beaucoup, et constata que, chaque fois qu'on avait fait usage de son serment, Chantecler avait toujours chanté une seconde fois.

« Que la vilaine beste périsse de male mort, marmotta-t-il. Fut un temps où, de mon fier épieu, je l'eusse embrochée par la gorge, et l'eusse fait chanter pour moi, fût-ce en la mort ! »

Il se retira alors dans un confortable cercueil de plomb, où il demeura jusqu'au soir.

4

Le lendemain, le fantôme se sentit très faible et fatigué. La surexcitation terrible des quatre dernières semaines commençait à faire sentir son effet. Ses nerfs étaient complètement à vif, et il sursautait au moindre bruit. Durant cinq jours, il garda la chambre, et se décida enfin à abandonner la question de la tache de sang sur le parquet de la bibliothèque. Puisque la famille Otis n'en voulait pas, c'est que manifestement elle ne la méritait point. C'étaient de toute évidence des gens habitués à vivre sur un plan d'existence bas et matérialiste, et tout à fait incapables d'apprécier la valeur symbolique des phénomènes extra-sensoriels. La question des apparitions, et du développement des corps astraux, était, bien entendu, fantasmagorique, tout autre chose, et cela ne dépendait pas vraiment de lui. Il était de son devoir solennel d'apparaître dans le couloir une fois par semaine, et de lancer des cris inarticulés, du fond de la grande fenêtre en encorbellement, le premier et le troisième mercredi de chaque mois ; et il ne voyait pas comment il aurait pu se dérober honorablement à ses obligations. Il est vrai que sa vie avait été fort mauvaise, mais, d'un autre côté, il était très consciencieux pour tout ce qui touchait au surnaturel. Aussi traversa-t-il le couloir, chacun des trois samedis suivants, comme d'habitude, entre minuit et trois heures, en prenant toutes les précautions possibles pour n'être ni vu ni entendu. Il ôtait ses bottes, posait les pieds aussi légèrement que possible sur les vieilles lames de parquet vermoulues, s'enveloppait d'un vaste manteau de velours noir, et prenait soin de se servir du lubrifiant Soleil Levant pour huiler ses chaînes. Je dois avouer que c'est avec beaucoup de réticence qu'il se résolut à adopter ce dernier procédé.

Un soir, cependant, tandis que la famille était en train de dîner, il se glissa dans la chambre de Mr. Otis, et emporta le flacon. Il se sentit d'abord un peu humilié, mais, par la suite, il fut assez avisé pour se rendre compte que cette invention n'était pas sans présenter de grands avantages, et, dans une certaine mesure, elle fut utile à son dessein. Malgré toutes ces précautions, il ne s'en tira pas sans égratignures. Des ficelles étaient continuellement tendues en travers du couloir, et il s'y prenait les pieds dans l'obscurité ; un jour, alors qu'il s'était habillé pour le rôle d'« Isaac le Noir, ou le Chasseur des Bois de Hogley », il fit une chute grave, pour avoir marché sur une pente savonnée, que les jumeaux avaient installée depuis l'entrée de la chambre aux Tapisseries jusqu'au sommet de l'escalier de chêne. Cette dernière insulte le mit dans une rage telle qu'il résolut de tenter un suprême effort pour raffermir sa dignité et son rang, et il se décida à rendre visite aux jeunes Étoniens insolents la nuit suivante, dans son célèbre rôle de « Rupert le Téméraire, ou le Comte sans Tête ».

Il y avait plus de soixante-dix ans qu'il n'avait paru sous ce déguisement, exactement depuis qu'il avait, par ce moyen, tellement effrayé la jolie Lady Barbara Modish, qu'elle avait soudain rompu ses fiançailles avec le grand-père de l'actuel Lord Canterville, pour s'enfuir à Gretna Green[1] avec le beau Jack Castleton, déclarant que rien au monde ne l'amènerait à s'allier à une famille qui permettait à un fantôme aussi horrible de déambuler sur la terrasse, au crépuscule. Le pauvre Jack fut plus tard tué en duel, d'un coup de pistolet, par Lord Canterville, sur le pré communal de Wandsworth, et Lady Barbara mourut de chagrin à Tunbridge Wells avant que l'année fût écoulée : ç'avait donc, à tous points de vue, été un grand succès. Toutefois, ce rôle supposait une présentation physique extrêmement difficile, s'il m'est permis d'employer cette expression empruntée au théâtre à propos de l'un des plus grands mystères du surnaturel, ou, pour faire usage d'un terme plus scientifique, du monde supranaturel ; et il lui fallut largement trois heures pour faire ses préparatifs. Enfin, tout fut prêt, et il fut fort content de son aspect. Les grosses bottes de cuir à l'écuyère qui allaient avec le costume étaient bien un tantinet trop grandes pour lui, et il ne put trouver que l'un des deux pistolets d'arçon ; mais, dans l'ensemble, il fut pleinement satisfait, et, à une heure et quart, il se glissa hors du lambris et descendit tout doucement le couloir.

Lorsqu'il arriva à la chambre occupée par les jumeaux — désignée, je dois le dire en passant, sous le nom de chambre Bleue, en raison de la couleur de ses tentures —, il trouva la porte entrebâillée.

Désirant faire une entrée remarquée, il l'ouvrit toute grande, d'un geste violent, lorsqu'un lourd broc d'eau lui tomba dessus, le trempant jusqu'aux os, et man-

1. Petit village d'Écosse, tout proche de la frontière de l'Angleterre (près de Carlisle), où, jusqu'au milieu du XIXe siècle, on pouvait se marier devant l'officier de l'état civil (qui était, bien souvent, le maréchal-ferrant) suivant la loi écossaise, avec une grande facilité, sans aucune publication de bans et sans conditions de résidence.

quant de quelques centimètres seulement son épaule gauche. Au même instant, il entendit des éclats de rire étouffés provenant du lit à colonnes. Le choc qu'en ressentit son système nerveux fut si grand qu'il s'enfuit dans sa chambre à toutes jambes ; le lendemain, il fut immobilisé par un gros rhume. La seule chose qui le consolait dans toute l'affaire, c'était de n'avoir pas emporté sa tête, car s'il l'avait fait, les conséquences auraient pu être très graves.

Il renonça dès lors à tout espoir d'effrayer jamais cette grossière famille américaine, et se contenta, en général, de rôder le long des couloirs, chaussé de pantoufles de lisière, avec un épais cache-nez rouge autour de la gorge, de peur des courants d'air, et une petite arquebuse, pour le cas où il aurait été attaqué par les jumeaux.

Le coup final qu'il reçut se produisit le 19 septembre. Il était descendu dans le vestibule d'honneur, se sentant assuré que là, du moins, il ne serait aucunement molesté, et s'amusait à faire des réflexions satiriques sur les grandes photographies, par Saroni, du ministre des États-Unis et de sa femme, qui avaient à présent pris la place des portraits de famille des Canterville. Il était vêtu simplement mais proprement d'un long linceul, maculé de terreau de cimetière ; il s'était attaché la mâchoire avec une bande de linge jaune, et portait une petite lanterne et une pelle de fossoyeur. En fait, il était costumé pour le rôle de « Jonas sans Tombe, ou le Voleur de Cadavres de Chertsey Barn », une de ses créations les plus remarquables, et l'une de celles dont les Canterville avaient toutes les raisons de se souvenir, car c'était là l'origine véritable de leur querelle avec leur voisin, Lord Rufford. Il était environ deux heures et quart du matin, et, pour autant qu'il pouvait s'en rendre compte, nul ne remuait. Cependant, tandis qu'il se dirigeait lentement vers la bibliothèque pour voir s'il restait quelques traces de la tache de sang, deux personnages bondirent tout à coup sur lui du fond d'un recoin sombre, agitant follement les bras au-dessus de leur tête, et lui hurlant « Bou ! » à l'oreille.

Saisi de panique, ce qui, vu les circonstances, était bien naturel, il se précipita dans l'escalier, mais trouva Washington Otis qui l'y attendait, muni de la grande seringue du jardin. Se voyant ainsi encerclé de toutes parts par ses ennemis, et presque aux abois, il disparut dans le gros poêle de fonte, qui, heureusement pour lui, n'était pas allumé, et il fut obligé de rentrer chez lui par les carneaux et les cheminées, arrivant dans sa chambre dans un état affreux de saleté, de désordre, et de désespoir.

Après cela, on ne le vit plus en expédition nocturne. Les jumeaux se tinrent en embuscade à plusieurs reprises pour le surprendre, et parsemèrent tous les soirs les couloirs de coques de noix, au grand ennui de leurs parents et des domestiques, mais ce fut en vain. Il était bien manifeste qu'il se sentait tellement blessé dans ses sentiments, qu'il refusait d'apparaître. Mr. Otis, en conséquence, se remit à son important travail sur l'histoire du Parti démocrate, auquel il se consacrait depuis plusieurs années ; Mrs. Otis organisa un merveilleux pique-nique aux palourdes[1], qui fit sensation dans le comté ; les gamins s'adonnèrent à des parties de lacrosse, d'euchre, de poker, et autres jeux nationaux américains ; et Virginia parcourut les chemins sur son poney, accompagnée par le jeune duc de Cheshire, qui était venu passer la dernière semaine de ses vacances à Canterville Chase. Il fut généralement admis que le fantôme était parti, et, en vérité,

1. C'est un divertissement très apprécié aux États-Unis, au cours duquel on fait cuire, sur des pierres chaudes, des palourdes.

Mr. Otis écrivit une lettre en informant Lord Canterville, qui, en réponse, exprima la grande satisfaction que lui causait cette nouvelle, et adressa ses compliments à la digne épouse du ministre.

Les Otis, cependant, se trompaient, car le fantôme était toujours dans la maison ; et, bien qu'il fût maintenant presque réduit à l'état d'invalide, il n'était nullement disposé à en rester là, d'autant moins qu'il avait appris que, parmi les invités, se trouvait le jeune duc de Cheshire, dont le grand-oncle, Lord Francis Stilton, avait un jour parié cent guinées avec le colonel Carbury qu'il ferait une partie de dés avec le fantôme de Canterville, et avait été retrouvé le lendemain matin étendu sur le parquet de la salle de jeu, dans un tel état d'impotence paralytique que, bien qu'il vécût jusqu'à un âge avancé, il ne fut plus capable de dire autre chose que « Double Six ».

L'histoire s'était ébruitée à l'époque, bien que, naturellement, par respect envers les sentiments des deux familles, l'on eût fait tout son possible pour l'étouffer ; et l'on trouvera un récit détaillé de tous les événements qui s'y rattachent dans le troisième volume des *Souvenirs du Prince Régent et de ses Amis*, de Lord Tattle.

Le fantôme était donc naturellement très désireux de montrer qu'il n'avait pas perdu son influence sur les Stilton, à qui, en vérité, il était apparenté de loin, sa propre cousine germaine ayant épousé en secondes noces le sire de Bulkeley, de qui, comme chacun sait, descend toute la lignée des ducs de Cheshire. Aussi prit-il ses dispositions pour apparaître devant le petit amoureux de Virginia sous la forme de sa célèbre création : « Le Moine Vampire, ou le Bénédictin Exsangue » — vision tellement horrible que, lorsque la vieille Lady Startup en avait été témoin, ce qui était arrivé un soir fatal de Saint-Sylvestre, en l'an 1764, elle s'était mise à pousser des cris perçants, qui avaient abouti à une apoplexie violente, si bien qu'elle était morte au bout de trois jours, après avoir déshérité les Canterville, qui étaient ses parents les plus proches, et laissé tout son argent à son apothicaire de Londres... Au dernier moment, toutefois, la terreur que lui inspiraient les jumeaux l'empêcha de quitter sa chambre ; le petit duc dormit donc en paix sous le grand dais emplumé de la chambre Royale, et rêva de Virginia.

5

Quelques jours après ces événements, Virginia et son cavalier aux cheveux bouclés se promenèrent à cheval à travers les prés de Brockley, où elle fit un accroc si désastreux à son amazone en sautant une haie, qu'elle résolut, en rentrant, de monter par l'escalier de service afin qu'on ne la vît pas. Alors qu'elle passait en courant devant la chambre aux Tapisseries, dont la porte était ouverte, il lui sembla voir quelqu'un dans la pièce, et, croyant que c'était la femme de chambre de sa mère, qui s'y installait parfois avec son ouvrage, elle y entra pour lui demander de faire une reprise à sa jupe.

Mais, à sa grande surprise, c'était le fantôme de Canterville en personne ! Il était assis à la fenêtre, observant l'or en ruine des feuilles jaunissantes tourbillonner dans l'air, et les feuilles rouges danser follement dans la longue avenue. Sa tête était appuyée dans sa main, et toute son attitude exprimait un abattement extrême. En vérité, il avait l'air si triste et en si piteux état, que la petite Virginia, dont la première pensée avait été de s'enfuir et de s'enfermer à clef dans sa chambre, fut remplie de pitié, et résolut d'essayer de le consoler. Sa démarche était si légère, et si profonde la mélancolie du fantôme, qu'il ne s'aperçut pas de sa présence avant qu'elle lui eût parlé.

« Je vous plains bien sincèrement, dit-elle, mais mes frères rentrent demain à Eton, et alors, si vous vous conduisez bien, personne ne vous tracassera.

— Il est absurde de me demander de me bien conduire, répondit-il, se retournant vers la jolie fillette qui avait osé lui adresser la parole, absolument absurde. Il faut que je secoue mes chaînes, et que je gémisse à travers les trous des serrures, et que j'erre pendant la nuit, si c'est là ce que vous voulez dire. C'est ma seule raison d'être.

— Ce n'est nullement là une raison d'être, et vous savez que vous avez été très méchant. Mrs. Umney nous a dit, le jour même de notre arrivée, que vous aviez tué votre femme.

— Oh ! je le reconnais volontiers, dit le fantôme d'un ton irrité, mais ce fut là strictement une affaire de famille, qui ne regardait personne d'autre.

— C'est fort mal de tuer qui que ce soit, dit Virginia, qui avait par moments une charmante gravité, héritée de quelque lointain ancêtre de la Nouvelle-Angleterre.

— Oh ! comme je déteste la sévérité facile de l'éthique abstraite ! Ma femme était fort laide, elle ne faisait jamais empeser convenablement mes collerettes, et n'entendait rien à la cuisine. Voyons ! Je me souviens d'un daim que j'avais abattu dans les bois de Hogley, un daguet magnifique, et savez-vous comment elle l'a fait servir à table ?... Enfin, peu importe, à présent, car tout cela est passé ; et j'avais beau l'avoir tuée, je ne trouve pas que ç'ait été bien gentil de la part de ses frères de me faire mourir de faim.

— Vous faire mourir de faim ? Oh ! monsieur le Fantôme — je veux dire : Sir Simon —, avez-vous faim ? J'ai un sandwich dans mon sac. Le voulez-vous ?

— Non, merci ; je ne mange jamais rien, à présent ; mais c'est bien aimable à vous, néanmoins, et vous êtes beaucoup plus gentille que le reste de votre affreuse famille, si grossière, si vulgaire, et si malhonnête !

— Assez ! s'écria Virginia, en frappant du pied le parquet, c'est vous qui êtes grossier, affreux et vulgaire ; et quant à la malhonnêteté, vous savez fort bien que vous avez volé les couleurs dans ma boîte, pour essayer de raviver cette ridicule tache de sang dans la bibliothèque. Vous avez commencé par prendre tous mes rouges, y compris le vermillon, de sorte que je n'ai plus pu faire de couchers de soleil ; puis vous avez pris le vert émeraude et le jaune de chrome, et finalement il ne m'est plus rien resté que l'indigo et le blanc de Chine, si bien que je n'ai pu faire rien d'autre que des clairs de lune, qui sont toujours déprimants à regarder, et qui ne sont pas faciles du tout à peindre. Je ne vous ai jamais dénoncé, bien que je fusse fort contrariée, et toute cette histoire était ridicule : car qui a jamais entendu parler de sang vert émeraude ?

— Enfin, voyons, dit le fantôme, d'un air assez penaud, que vouliez-vous que je fisse ? Il est fort difficile de se procurer du sang, à notre époque, et puisque votre frère est à l'origine de toute l'affaire avec son Extra-Détersif, je n'ai vu aucune raison de ne pas m'approprier vos couleurs. Quant à la teinte, c'est toujours une affaire de goût : les Canterville ont du sang bleu, par exemple — le plus bleu qui soit en Angleterre ; mais je sais que, vous autres Américains, vous ne vous intéressez pas aux choses de ce genre.

— Vous n'en savez absolument rien, et ce que vous auriez de mieux à faire, ce serait d'émigrer, pour vous cultiver l'esprit. Mon père ne sera que trop heureux de vous accorder un passage gratuit, et bien qu'il y ait des droits élevés sur les spiritueux[1] de toute nature, il n'y aura pas de difficultés à la douane, car les fonctionnaires y sont tous démocrates. Une fois à New York, vous aurez certainement beaucoup de succès. Je connais des tas de gens qui donneraient cent mille dollars pour avoir un grand-père, et bien plus encore pour avoir un fantôme de famille.

— Je crois que cela ne me plairait pas, l'Amérique.

— Sans doute parce que nous n'avons pas de ruines ni de curiosités, dit Virginia d'un ton sarcastique.

— Pas de ruines ? Pas de curiosités ? répondit le fantôme. Vous avez votre marine et vos façons.

— Bonsoir ; je vais aller demander à papa d'obtenir pour les jumeaux huit jours de congé supplémentaires.

— Je vous en prie, ne partez pas, Miss Virginia ! s'écria-t-il. Je suis si solitaire et si malheureux, et je ne sais vraiment que faire ! Je voudrais m'endormir, et je ne le puis pas.

— Voilà qui est complètement absurde ! Vous n'avez tout simplement qu'à vous mettre au lit et à souffler la bougie. Il est très difficile, parfois, de rester éveillé, en particulier à l'église, mais il n'y a absolument aucune difficulté à s'endormir. Voyons, les bébés eux-mêmes savent faire cela, et ils ne sont pas très malins.

— Il y a trois cents ans que je n'ai pas dormi, dit-il tristement, et les beaux yeux bleus de Virginia s'agrandirent, pleins d'étonnement, oui, je n'ai pas dormi depuis trois cents ans, et je suis si fatigué ! »

Virginia devint toute grave, et ses petites lèvres frémirent, pareilles à des pétales de rose. Elle s'appro-

1. Il y a ici un jeu de mots intraduisible en français : le mot anglais « spirits » signifie, en effet, à la fois *spiritueux* et *esprits*.

cha, et, s'agenouillant tout contre lui, leva les yeux sur son vieux visage flétri.

« Pauvre, pauvre fantôme, murmura-t-elle ; n'avez-vous nul endroit où vous puissiez dormir ?

— Au loin, là-bas, au-delà des bois de pins, répondit-il, d'une voix lente et rêveuse, il y a un petit jardin. L'herbe y croît, longue et drue ; il y a là les grosses étoiles blanches de la fleur de ciguë, et le rossignol y chante toute la nuit. Toute la nuit, il chante, et la lune froide, pareille à un globe de cristal, penche ses regards sur ce jardin ; et l'if étend ses bras géants au-dessus des dormeurs. »

Les yeux de Virginia s'embuèrent de larmes, et elle se cacha la tête dans les mains.

« Vous voulez dire le Jardin de la Mort, chuchota-t-elle.

— Oui, la Mort. Comme la Mort doit être belle ! Reposer dans la terre molle et brune, tandis que les herbes vous ondulent au-dessus de la tête, et écouter le silence.. N'avoir pas d'hier, et pas de demain... Oublier le temps, oublier la vie, être en paix... Vous pouvez m'aider. Vous pouvez m'ouvrir le portail de la maison de la Mort, car l'Amour est toujours avec vous, et l'Amour est plus fort que la Mort. »

Virginia se mit à trembler ; elle fut parcourue d'un frisson glacial, et pendant quelques instants il y eut un silence. Elle avait l'impression d'être au milieu d'un rêve terrible.

Puis le fantôme se remit à parler, et sa voix ressemblait aux soupirs du vent :

« Avez-vous lu la vieille prophétie sur la fenêtre de la bibliothèque ?

— Oh ! souvent, s'écria la fillette, levant les yeux, je la connais fort bien. Elle est peinte avec de drôles de lettres noires, et elle est difficile à lire. Il n'y a que six vers :

Quand celle aux cheveux d'or aura su arracher
Les mots d'une prière aux lèvres du péché,
Quand l'amandier stérile aura repris ses charmes,
Et qu'un petit enfant aura donné ses larmes,
Alors, cette maison redeviendra tranquille
Et la paix reviendra devers les Canterville.

Mais je ne sais pas ce qu'ils signifient.

— Ils signifient, dit-il tristement, qu'il faut que vous pleuriez sur mes péchés, parce que je n'ai point de larmes, et que vous priiez avec moi pour mon âme, parce que je n'ai point de foi, et alors, si vous avez toujours été douce, sage, et gentille, l'Ange de la Mort aura pitié de moi. Vous verrez des formes effarantes dans l'obscurité, et des voix mauvaises vous parleront tout bas à l'oreille, mais elles ne vous feront pas de mal, car contre la pureté d'une enfant les puissances de l'Enfer ne peuvent rien. »

Virginia ne répondit rien, et le fantôme se tordit les mains en signe de désespoir farouche, tandis qu'il abaissait son regard sur la tête penchée et dorée de la fillette. Tout à coup elle se redressa, toute pâle, avec une lueur étrange dans les yeux.

« Je n'ai pas peur, dit-elle avec fermeté, et je demanderai à l'Ange d'avoir pitié de vous. »

Il se leva de son siège avec un léger cri de joie, et, lui prenant la main, se pencha sur elle avec une grâce d'un autre temps, et la baisa. Il avait les doigts froids comme de la glace, et les lèvres brûlantes comme du feu, mais Virginia n'hésita pas, tandis qu'il lui faisait traverser la pièce plongée dans la pénombre. Sur les tapisseries vertes et fanées étaient brodés de petits chasseurs. Ils sonnaient de leurs cors garnis d'aiguillettes, et, de leurs petites mains, lui faisaient signe de revenir. « Reviens, petite Virginia, criaient-ils, reviens ! »

Mais le fantôme lui agrippa la main plus étroitement, et elle ferma les yeux pour ne pas les voir. Des animaux horribles, à la queue de lézard et aux yeux protubérants, clignaient vers elle du haut de la cheminée sculptée, et murmuraient : « Prends garde, petite Virginia, prends garde ! Il se peut que nous ne te revoyions plus jamais ! », mais le fantôme avança plus vite de sa démarche glissée, et Virginia ne les écouta pas. Quand ils eurent atteint le fond de la pièce, il s'arrêta, et marmotta quelques mots qu'elle fut incapable de comprendre. Elle ouvrit les yeux, et vit le mur qui s'évanouissait lentement comme une brume, et, devant elle, une grande caverne noire. Un vent froid et mordant les enveloppa, et elle sentit quelque chose qui tirait sa robe. « Vite, vite, s'écria le fantôme, sinon, il sera trop tard ! » En un instant, le lambris s'était refermé sur eux, et la chambre aux Tapisseries était vide.

6

Une dizaine de minutes plus tard, la cloche sonna pour le thé, et, comme Virginia ne descendait pas, Mrs. Otis dépêcha là-haut l'un des laquais, pour la prévenir. Il revint au bout d'un petit moment, disant qu'il ne trouvait nulle part Miss Virginia. Comme elle avait l'habitude de sortir tous les soirs au jardin afin de cueillir des fleurs pour orner la table, au dîner, Mrs. Otis ne fut pas inquiète tout d'abord ; mais lorsque six heures sonnèrent, sans que parût Virginia, elle fut sérieusement agitée, et envoya les garçons à sa recherche, cependant qu'elle-même, avec Mr. Otis, fouillait chacune des pièces de la maison. A six heures et demie les garçons rentrèrent, disant qu'ils ne trouvaient nulle part trace de leur sœur. Ils étaient tous, à présent, dans un état de violente surexcitation, et ne savaient que faire, lorsque Mr. Otis se rappela tout à coup qu'il avait, quelques jours auparavant, autorisé une bande de romanichels à camper dans le parc. Aussi se mit-il immédiatement en route pour Blackfell Hollow, où il savait qu'ils se trouvaient, accompagné de son fils aîné et de deux des valets de ferme. Le petit duc de Cheshire, qui était absolument fou d'inquiétude, supplia instamment qu'on lui permît d'y aller, lui aussi, mais Mr. Otis ne voulut pas l'y autoriser, car il craignait l'éventualité d'une altercation. En arrivant sur les lieux, toutefois, il constata que les romanichels étaient partis, et il était manifeste que leur départ avait été assez soudain, car le feu était encore allumé, et plusieurs assiettes jonchaient l'herbe. Ayant dépêché Washington et les deux hommes pour fouiller les environs, il se hâta de rentrer à la maison, et envoya des télégrammes à tous les inspecteurs de police du comté, leur disant de rechercher une fillette qui avait été enlevée par des chemineaux ou des romanichels. Il fit alors amener son cheval, et après avoir insisté pour que sa femme et les trois garçons se missent à table pour dîner, il s'éloigna le long de la route d'Ascot avec un palefrenier.

A peine, cependant, eut-il parcouru deux ou trois kilomètres, qu'il entendit quelqu'un qui galopait derrière lui pour le rejoindre, et, se retournant, il vit le petit duc qui arrivait sur son poney, le sang aux joues, et sans chapeau.

« Je regrette vivement, Mr. Otis, haleta le gamin, mais il m'est impossible de dîner tant que Virginia n'est pas retrouvée. Je vous en supplie, ne me grondez pas ; si vous aviez autorisé nos fiançailles, l'an dernier, nous n'aurions jamais eu tout ce tracas. Vous n'allez pas me renvoyer, dites ? Je ne peux pas partir ! Je ne le veux pas ! »

Le ministre ne put s'empêcher de sourire en voyant le jeune et charmant garnement, et fut vivement touché du dévouement qu'il témoignait envers Virginia ; aussi, se penchant sur son cheval, il lui tapota l'épaule avec bonté, et lui dit :

« Ma foi, Cecil, puisque vous ne voulez pas faire demi-tour, je suppose qu'il faut que vous m'accompagniez ; mais il faut que je vous trouve un chapeau à Ascot.

— Oh ! peu importe mon chapeau ! C'est Virginia qu'il me faut ! » s'écria le petit duc, en riant, et ils se dirigèrent au galop vers la gare du chemin de fer.

Mr. Otis s'y enquit auprès du chef de gare pour savoir si l'on n'avait pas vu, sur le quai, une personne répondant au signalement de Virginia ; mais il ne reçut aucune réponse affirmative. Toutefois, le chef de gare lança des télégrammes le long de la voie, dans les deux sens, et lui donna l'assurance qu'on exercerait une surveillance sérieuse pour la retrouver ; et, après avoir acheté un chapeau pour le petit duc, chez un drapier qui mettait les volets à sa devanture, Mr. Otis poursuivit sa route jusqu'à Bexley, village situé à quelque six kilomètres de là, et qui, lui dit-on, était un lieu de ralliement bien connu des romanichels, car il y avait un vaste pré communal tout proche. Là, ils réveillèrent l'agent de police rural, mais ne purent lui tirer aucun renseignement, et, après avoir parcouru à cheval toute l'étendue du pré, ils firent prendre à leurs montures le chemin du retour, et arrivèrent à Canterville Chase vers onze heures, recrus de fatigue et presque au désespoir. Ils trouvèrent Washington et les jumeaux qui les attendaient à la loge d'entrée, munis de lanternes, car l'avenue était sombre.

On n'avait pas découvert la moindre trace de Virginia. Les romanichels avaient été rejoints dans les prairies de Broley, mais elle n'était pas avec eux, et ils expliquèrent leur brusque départ en disant qu'ils s'étaient trompés dans la date de la foire de Chorton, et étaient partis précipitamment, de peur d'y arriver trop tard. Ils avaient même été fort contrariés en apprenant la disparition de Virginia, car ils étaient reconnaissants à Mr. Otis de les avoir autorisés à camper dans son parc, et quatre d'entre eux étaient restés pour prendre part aux recherches. On avait dragué l'étang aux carpes, et tout le domaine avait été fouillé à fond, mais sans résultat. Il était évident que, pour cette nuit-là tout au moins, Virginia était perdue pour eux ; et c'est dans un état d'abattement des plus profonds que

Mr. Otis et ses garçons se dirigèrent à pied vers la maison, suivis du palefrenier conduisant les deux chevaux et le poney. Dans le vestibule, ils trouvèrent un groupe de serviteurs effarés, et, étendue sur un canapé dans la bibliothèque, la pauvre Mrs. Otis, presque folle de terreur et d'inquiétude, se faisant poser sur le front des compresses d'eau de Cologne par la vieille gouvernante. Mr. Otis insista sur-le-champ pour qu'elle mangeât quelque chose, et commanda qu'on servît à souper à tout le monde.

Ce fut un repas mélancolique, car à peu près personne ne dit mot, et les jumeaux eux-mêmes étaient consternés et abattus, car ils aimaient beaucoup leur sœur. Lorsqu'ils eurent fini, Mr. Otis, en dépit des supplications du petit duc, leur ordonna à tous d'aller se coucher, disant qu'on ne pouvait rien faire de plus ce soir-là, et qu'il télégraphierait dès le lendemain à Scotland Yard pour qu'on envoyât immédiatement quelques détectives sur les lieux.

Juste au moment où ils sortaient de la salle à manger, minuit commença à sonner lourdement au clocher, et lorsque retentit le dernier coup, ils entendirent un fracas et un cri perçant et soudain ; un coup de tonnerre épouvantable ébranla la maison, les sons d'une musique supraterrestre flottèrent dans l'air, un panneau au sommet de l'escalier s'enfonça brusquement dans le mur avec un bruit violent, et la petite Virginia, très pâle et toute blanche, parut sur le palier, portant à la main une cassette. Il ne leur fallut qu'un instant pour monter jusqu'auprès d'elle, à pas précipités. Mrs. Otis l'étreignit passionnément dans ses bras, le duc la couvrit de baisers violents, et les jumeaux exécutèrent une sauvage danse guerrière autour du groupe.

« Grand Dieu ! Mon enfant, où donc étais-tu ? dit Mr. Otis, non sans colère, croyant qu'elle leur avait fait quelque farce stupide. Cecil et moi, nous avons battu la campagne à ta recherche, et ta mère a été mortellement effrayée. Il ne faut plus jouer de tours semblables !

— Sauf au fantôme ! Sauf au fantôme ! hurlèrent les jumeaux, tout en gambadant en tous sens.

— Ma chérie à moi, Dieu soit loué, tu es retrouvée ! Il ne faudra plus jamais me quitter, murmura Mrs. Otis, tandis qu'elle embrassait l'enfant tremblante, et lissait l'or de ses cheveux emmêlés.

— Papa, dit Virginia avec calme, j'étais auprès du fantôme. Il est mort, et il faut que vous veniez le voir. Il avait été bien méchant, mais il a regretté sincèrement tout ce qu'il avait fait, et il m'a donné, avant de mourir, cette boîte de bijoux magnifiques. »

Toute la famille la dévisagea, muette de stupéfaction, mais elle était parfaitement grave et sérieuse ; et, se retournant, elle les conduisit, par l'ouverture du lambris, le long d'un étroit couloir secret, Washington fermant la marche avec une bougie allumée qu'il avait saisie sur la table. Ils arrivèrent finalement à une grande porte de chêne, garnie de clous rouillés. Quand Virginia la toucha, elle s'ouvrit en arrière sur ses lourdes paumelles, et ils se trouvèrent dans une petite pièce basse, au plafond voûté, avec une fenêtre minuscule munie de barreaux. Encastré dans le mur, il y avait un énorme anneau de fer, auquel était enchaîné un squelette, étendu de tout son long sur le sol de pierre, et qui paraissait essayer de saisir, de ses longs doigts décharnés, un plat et une cruche à eau de forme démodée qui étaient placés juste hors de sa portée. La cruche avait évidemment été remplie d'eau jadis, car elle était recouverte à l'intérieur d'une moisissure verte. Il n'y avait rien sur le plat, si ce n'est de la poussière amoncelée. Virginia s'agenouilla à côté du squelette, et, joignant ses petites mains, se mit à prier silencieusement, cependant que les autres contemplaient, saisis d'étonnement, la tragédie terrible dont le secret leur était à présent révélé.

« Tiens ! s'écria tout à coup l'un des jumeaux, qui avait regardé par la fenêtre pour essayer de découvrir dans quelle aile de la maison la chambre était située. Tiens ! Le vieil amandier tout desséché a fleuri ! Je vois distinctement les fleurs, au clair de lune.

— Dieu lui a pardonné, dit gravement Virginia, se relevant, et son visage parut s'illuminer d'une lumière splendide.

— Quel ange vous êtes ! » s'écria le jeune duc, et il lui passa le bras autour du cou et l'embrassa.

7

Quatre jours après ces curieux incidents, une procession funèbre partit de Canterville Chase vers onze heures du soir. Le corbillard était traîné par huit chevaux noirs, dont chacun portait sur la tête un gros toupet de plumes d'autruche, et le cercueil de plomb était recouvert d'un somptueux poêle de pourpre, sur lequel était brodé en or l'écusson de Canterville. A côté du corbillard et des voitures marchaient les domestiques, portant des torches allumées, et toute la procession était merveilleusement impressionnante.

Lord Canterville, qui conduisait le deuil, était venu tout exprès du pays de Galles pour assister aux obsèques, et il avait pris place dans la première voiture avec la petite Virginia. Puis venaient le ministre des États-Unis et sa femme, puis Washington et les trois garçons, et dans la dernière voiture se trouvait Mrs. Umney. Le sentiment général était que, comme elle avait été effrayée par le fantôme durant plus de cinquante années de sa vie, elle avait le droit de l'accompagner à sa dernière demeure. Une fosse profonde avait été creusée dans l'angle du cimetière, juste sous le vieil if, et l'office funèbre fut dit d'une manière fort impressionnante par le révérend Augustus Dampier.

La cérémonie terminée, les domestiques, conformément au vieil usage conservé dans la famille des

Canterville, éteignirent leurs torches, et, au moment où le cercueil était descendu dans la tombe, Virginia s'avança et y déposa une grande croix faite avec des fleurs d'amandier blanches et roses. Au même instant, la lune sortit de derrière un nuage et inonda de ses silencieux rais d'argent le petit cimetière, et, du fond d'un boqueteau lointain, un rossignol se mit à chanter. Virginia songea à la description que lui avait faite le fantôme du Jardin de la Mort, ses yeux s'embuèrent de larmes, et c'est à peine si elle prononça une parole au cours du trajet de retour.

Le lendemain matin, avant que Lord Canterville fût reparti pour Londres, Mr. Otis eut un entretien avec lui, au sujet des bijoux que le fantôme avait donnés à Virginia. Ils étaient absolument magnifiques, en particulier certain collier de rubis avec une monture vénitienne, qui était véritablement un échantillon superbe du XVIe siècle, et leur valeur était si considérable que Mr. Otis se sentait saisi de scrupules, se demandant s'il pouvait permettre à sa fille de les accepter...

« Milord, dit-il, je sais que dans ce pays la mainmorte doit s'appliquer aux bijoux aussi bien qu'aux terres, et il me paraît parfaitement évident que ces joyaux sont, ou devraient être, des biens d'héritage de votre famille. Je me vois obligé, en conséquence, de vous prier de les emporter à Londres, et de les considérer simplement comme une portion de vos biens, qui vous a été restituée dans certaines circonstances étranges. Quant à ma fille, elle n'est qu'une enfant, et elle ne témoigne encore, je suis heureux de le dire, que peu d'intérêt pour de semblables accessoires d'un luxe oiseux. J'ai appris également, par Mrs. Otis, qui, je puis le dire, s'y connaît assez bien en matière d'art — car elle a eu l'avantage de passer plusieurs hivers à Boston[1] étant jeune fille —, que ces bijoux sont d'une grande valeur marchande, et atteindraient un prix considérable si on les mettait en vente. Dans ces conditions, Lord Canterville, vous reconnaîtrez qu'il me serait absolument impossible d'admettre qu'ils demeurent en la possession d'un membre de ma famille ; et, certes, tous les vains hochets et jouets de ce genre, quelque convenables ou nécessaires qu'ils soient à la dignité de l'aristocratie britannique, seraient complètement déplacés chez ceux qui ont été élevés dans les principes sévères, et, je crois, immortels, de la simplicité républicaine. Peut-être devrais-je ajouter que Virginia est très désireuse que vous lui permettiez de conserver la boîte, à titre de souvenir de votre ancêtre infortuné mais fourvoyé. Comme elle est extrêmement vieille, et par suite en assez mauvais état, il vous paraîtra peut-être possible d'accéder à cette requête. Pour ma part, j'avoue que je suis fort surpris de voir un de mes enfants exprimer de la sympathie envers le médiévisme sous une forme quelconque, et je ne puis me l'expliquer que par le fait que Virginia est née dans l'un de vos faubourgs de Londres, peu après que Mrs. Otis fut revenue d'un court voyage à Athènes. »

Lord Canterville écouta avec beaucoup de gravité le discours du digne ministre, tirant de temps à autre sa moustache grise afin de dissimuler un sourire involontaire, et lorsque Mr. Otis eut terminé, il lui serra cordialement la main, et dit :

« Cher monsieur, votre charmante petite fille a rendu à mon malheureux ancêtre, Sir Simon, un service important, et ma famille et moi, nous avons

1. Il y a encore ici un « coup de patte » à l'adresse des Américains, qui considèrent Boston comme une ville lumière en matière d'art, de philosophie et de savoir.

une lourde dette envers elle pour les merveilleuses qualités de courage et de cœur dont elle a fait preuve. Les bijoux sont manifestement à elle, et, parbleu ! je crois que si j'étais assez dénaturé pour les lui enlever, le vieux scélérat aurait quitté sa tombe d'ici quinze jours, et m'en ferait voir de dures ! Quant à leur qualité d'héritage, rien n'est héritage qui n'ait été mentionné comme tel dans un testament ou un document juridique, et l'existence de ces bijoux est restée totalement inconnue. Je vous assure que je n'ai pas plus de droits sur eux que votre maître d'hôtel, et quand Miss Virginia sera adulte je gagerais qu'elle sera contente d'avoir de jolies choses à porter. D'ailleurs, vous oubliez, Mr. Otis, que vous avez pris les meubles et le fantôme à leur valeur d'estimation, et que tout ce qui a appartenu au fantôme est passé aussitôt en votre possession, car, quelque activité que Sir Simon ait pu manifester dans le couloir, la nuit, au point de vue juridique, il était effectivement mort, et vous avez acquis ses biens par un achat régulier. »

Mr. Otis fut fort contrarié du refus de Lord Canterville et le pria de revenir sur sa décision, mais l'aimable pair tint bon, et amena en fin de compte le ministre à permettre à sa fille de garder le présent que lui avait fait le fantôme ; et quand, au printemps de 1890, la jeune duchesse de Cheshire fut présentée à la Cour à l'occasion de son mariage lors de la première réception de la Reine, ses bijoux provoquèrent l'admiration générale. Car Virginia reçut la couronne ducale, qui est la récompense de toutes les bonnes petites filles américaines[1], et fut épousée par son jeune amoureux dès qu'il atteignit sa majorité.

1. Allusion ironique aux nombreux mariages qui avaient lieu, vers les années 1890, entre des héritières américaines et de jeunes nobles anglais.

Ils étaient tous les deux si charmants, et ils s'aimaient tellement, que tout le monde fut ravi de ce mariage, sauf la vieille marquise de Dumbleton, qui avait essayé de s'approprier le duc pour une de ses sept filles non mariées et qui, dans cette intention, n'avait pas donné moins de trois grands dîners coûteux, et — chose étrange à dire — Mr. Otis lui-même. Mr. Otis aimait beaucoup le jeune duc, à titre personnel, mais, théoriquement, il était opposé aux titres, ou, pour se servir de ses propres paroles, « n'était pas sans appréhender que, au milieu des influences énervantes d'une aristocratie avide de plaisirs, les principes authentiques de la simplicité républicaine ne fussent oubliés ». Toutefois, ses objections furent complètement écartées, et je crois que lorsqu'il descendit la nef de l'église Saint-George, dans Hanover Square, avec sa fille appuyée à son bras, il n'y avait pas, dans toute l'Angleterre, d'homme plus fier que lui.

Le duc et la duchesse, quand la lune de miel fut terminée, se rendirent à Canterville Chase, et, le lendemain de leur arrivée, ils firent une promenade, l'après-midi, au cimetière solitaire proche des bois de pins. Il y avait eu de grosses difficultés, au début, au sujet de l'épitaphe à inscrire sur la tombe de Sir Simon, mais on avait décidé, en fin de compte, d'y graver simplement les initiales du vieux gentilhomme, avec le verset de la fenêtre de la bibliothèque.

La duchesse avait apporté des roses magnifiques, qu'elle effeuilla sur la tombe, et après qu'ils s'y furent arrêtés quelque temps, ils entrèrent dans le sanctuaire en ruine de l'ancienne abbaye. La duchesse s'assit sur un pilier écroulé, tandis que son mari s'étendait à ses pieds, fumant une cigarette et levant ses regards sur ses beaux yeux. Tout à coup, il jeta sa cigarette, lui prit la main, et lui dit :

« Virginia, une femme ne doit pas avoir de secrets pour son mari.

— Mon cher Cecil ! Je n'ai pas de secrets pour toi.

— Mais si, tu en as un, répondit-il en souriant : tu ne m'as jamais raconté ce qui t'est arrivé quand tu étais enfermée avec le fantôme.

— Je ne l'ai jamais confié à personne, dit gravement Virginia.

— Je le sais, mais tu pourrais me le dévoiler, à moi.

— Je t'en prie, ne me le demande pas, Cecil, je ne puis te le dire. Pauvre Sir Simon ! Je lui dois beaucoup. Oui, ne ris pas, Cecil, c'est vrai. Il m'a fait voir ce qu'est la Vie, ce que signifie la Mort, et pourquoi l'Amour est plus puissant que l'une et que l'autre »

Le duc se leva et embrassa sa femme avec amour.

« Tu peux garder ton secret tant que j'aurai ton cœur, murmura-t-il.

— Cela, tu l'as toujours eu, Cecil.

— Et tu le révéleras quelque jour à nos enfants, n'est-ce pas ? »

Virginia rougit.

Le Crime de Lord Arthur Savile

Étude du devoir

1

C'était la dernière réception de Lady Windermere avant Pâques, et Bentinck House était encore plus encombrée que d'habitude par la foule des invités. Six ministres, membres du Cabinet, y étaient venus au sortir de l'audience du Speaker[1], arborant toutes leurs décorations et leurs rubans, toutes les jolies femmes portaient leurs toilettes les plus « habillées », et à l'extrémité de la galerie de tableaux se tenait la princesse Sophie de Carlsrühe, personne pesante à l'aspect tartare, avec de tout petits yeux noirs et des émeraudes merveilleuses, jargonnant à tue-tête en français, et riant exagérément à tout ce qu'on lui disait.

C'était incontestablement un mélange extraordinaire de gens. Des pairesses richissimes bavardaient sur un ton affable avec des extrémistes ; des prédicateurs à la mode côtoyaient d'éminents sceptiques ; un véritable essaim d'évêques suivait constamment de pièce en pièce une *prima donna* obèse ; sur l'escalier se tenaient plusieurs membres de l'Académie royale[2], déguisés en artistes ; et le bruit courait qu'à un certain moment la

1. Président de la Chambre des communes.

2. Il s'agit de l'Académie royale de peinture, dont les membres font suivre leur nom des initiales R.A. (Royal Academy), et dont la peinture a (ou avait, au début du siècle) un caractère essentiellement « pompier » prisé du public.

salle où l'on soupait était bourrée de génies. Bref, c'était l'une des meilleures soirées de Lady Windermere, et la princesse resta jusqu'à près de onze heures et demie.

Dès qu'elle fut partie, Lady Windermere retourna dans la galerie de tableaux, où un célèbre économiste politique expliquait solennellement la théorie scientifique de la musique à un virtuose indigné venu de Hongrie, et elle se mit à causer avec la duchesse de Paisley.

Elle était merveilleusement belle, avec son opulente gorge d'ivoire, ses grands yeux bleu myosotis, et ses lourdes tresses de cheveux d'or. Ils étaient bien de ton *or pur*[1] — non pas de cette pâle couleur de paille qui usurpe à notre époque le beau nom d'or ; mais d'un or pareil à celui qui se tisse en rayons de soleil ou se cache dans l'ambre étrange ; et ils donnaient à son visage quelque chose qui participait du halo d'une sainte, et rappelait aussi la séduction d'une pécheresse.

C'était un cas psychologique curieux. De bonne heure dans la vie, elle avait découvert cette vérité importante : que rien ne ressemble autant à l'innocence qu'une imprudence ; et, par une série d'escapades téméraires, dont la moitié étaient absolument inoffensives, elle avait acquis tous les privilèges d'une personnalité. Elle avait plus d'une fois changé de mari ; effectivement le *Debrett*[2] indique trois mariages à son actif ; mais comme elle n'avait jamais changé d'amant, le monde avait depuis longtemps cessé de médire sur son compte. Elle avait à présent quarante ans, elle était sans enfants, et elle avait ce goût immodéré du plaisir qui est le secret de la jeunesse persistante.

1. En français dans le texte.
2. Annuaire de la noblesse anglaise.

Tout à coup elle jeta autour de la pièce un regard circulaire et avide, et dit, de sa voix de contralto :

« Où est mon chiromancien ?

— Votre... quoi, Gladys ? s'écria la duchesse, avec un sursaut involontaire.

— Mon chiromancien, duchesse ; je ne puis vivre sans lui, à présent.

— Chère Gladys ! Vous êtes toujours si originale ! murmura la duchesse, tout en tâchant de se rappeler ce que pouvait bien être un chiromancien, et en espérant que ce n'était pas la même chose qu'un manucure[1].

— Il vient examiner ma main deux fois par semaine, régulièrement, reprit Lady Windermere, et il me dit à ce sujet des choses fort intéressantes. »

« Juste ciel ! se dit la duchesse, c'est donc bien une espèce de manucure. Mais c'est épouvantable ! J'espère tout au moins que c'est un étranger. Dans ce cas, ce serait déjà moins grave. »

« Il faut absolument que je vous le présente.

— Me le présenter ! s'écria la duchesse. Vous n'allez pas me dire qu'il est ici ? »

Et elle se mit à chercher un petit éventail en écaille et un châle de dentelle passablement déchiré, pour être prête à partir d'un instant à l'autre.

« Bien sûr qu'il est ici ; il ne me viendrait pas à l'idée de donner une soirée sans lui. Il me dit que j'ai une main purement psychique, et que si mon pouce avait été tant soit peu plus court, j'aurais été une pessimiste endurcie, et je serais entrée au couvent.

— Ah ! je vois, dit la duchesse, qui se sentait fort soulagée ; il dit la bonne aventure, je suppose ?

— Et la mauvaise, aussi, répondit Lady Winder-

1. En anglais, manucure (pédicure) se dit *cheiropodist*, forme assez prétentieuse, qui prête effectivement à confusion avec *cheiromantist*.

mere, autant qu'on veut. L'année prochaine, par exemple, je serai en grand danger, tant sur terre que sur mer, de sorte que je vais vivre dans un ballon, et j'y hisserai tous les soirs mon dîner dans un panier. Tout cela est inscrit sur mon petit doigt, ou dans la paume de ma main, je ne me rappelle plus au juste.

— Mais voyons, c'est là tenter la Providence, Gladys !

— Ma chère duchesse, la Providence doit certainement être capable de résister à la tentation, depuis le temps ! J'estime que tout le monde devrait, une fois par mois, se faire prédire l'avenir par l'étude de la main, de façon à savoir ce qu'il ne faut pas faire. Bien entendu, on le ferait tout de même, mais il est si agréable d'être averti !... Si personne ne va immédiatement chercher Mr. Podgers, il faudra que j'y aille moi-même.

— Permettez-moi d'y aller, Lady Windermere, dit un beau et grand jeune homme, qui se tenait tout près, écoutant la conversation avec un sourire amusé.

— Je vous remercie mille fois, Lord Arthur ; mais j'ai peur que vous ne le reconnaissiez pas.

— S'il est aussi remarquable que vous le dites, Lady Windermere, je ne pourrai guère le manquer. Dites-moi comment il est, et je vous l'amènerai tout de suite.

— Eh bien, il n'a pas du tout l'air d'un chiromancien. Je veux dire qu'il n'est pas mystérieux, ni ésotérique, qu'il n'a rien de romanesque. C'est un petit homme corpulent, avec une drôle de tête chauve, et de grosses lunettes à monture d'or ; quelque chose d'intermédiaire entre un médecin de famille et un avoué de province. J'en suis désolée, vraiment, mais ce n'est pas ma faute. Les gens sont si agaçants ! Tous mes pianistes ressemblent exactement à des poètes ; et inversement. Et je me rappelle avoir, la saison der-

nière, invité à dîner un conspirateur absolument affreux, un homme qui avait fait sauter je ne sais combien de personnes[1], qui était toujours vêtu d'une cotte de mailles, et portait un poignard dissimulé dans la manche de sa chemise ; et, le croiriez-vous, lorsqu'il est venu, il avait simplement l'air d'un vieux monsieur bien gentil, et il a plaisanté toute la soirée ! Évidemment, il était très amusant, et tout ce que vous voudrez ; mais j'ai été horriblement déçue ; et quand je l'ai interrogé sur la cotte de mailles, il s'est contenté de rire, en disant qu'elle était bien trop froide pour être portée en Angleterre... Ah ! Voici Mr. Podgers ! Eh bien, Mr. Podgers, je vous prie de lire l'avenir dans la main de la duchesse de Paisley. Duchesse, il faut retirer votre gant. Non, pas la main gauche, l'autre.

— Ma chère Gladys, il me semble vraiment que cela ne se fait pas, dit la duchesse, déboutonnant sans conviction un gant de chevreau en assez mauvais état.

— Rien d'intéressant ne se fait jamais, dit Lady Windermere : *on a fait le monde ainsi*[2]. Mais il faut que je vous présente. Duchesse, voici Mr. Podgers, mon chiromancien de compagnie. Mr. Podgers : la duchesse de Paisley, — et si vous dites qu'elle a un mont de la lune plus grand que le mien, je n'aurai plus la moindre confiance en vous.

— Je suis sûre, Gladys, qu'il n'y a rien de semblable dans ma main, dit gravement la duchesse.

— Votre Grâce a parfaitement raison, dit Mr. Podgers, lançant un coup d'œil à la petite main grassouillette aux doigts courts et carrés, le mont de la lune n'est pas développé. La ligne de vie, en revanche, est excellente. Veuillez plier le poignet. Je vous remercie.

1. C'était l'époque des attentats anarchistes dans les pays occidentaux.

2. En français dans le texte.

Trois lignes distinctes sur la *rascette* ! Vous vivrez jusqu'à un âge avancé, duchesse, et vous serez extrêmement heureuse. Ambition... très modérée ; ligne de tête... sans exagération ; ligne de cœur...

— Oh ! oui, là, soyez indiscret, Mr. Podgers, s'écria Lady Windermere.

— Rien ne me serait plus agréable, dit Mr. Podgers, en s'inclinant, si la duchesse avait jamais été imprudente ; mais je suis au regret de vous dire que je vois une forte permanence d'affection, combinée à un sentiment puissant du devoir.

— Continuez, je vous en prie, Mr. Podgers, dit la duchesse, d'un air parfaitement satisfait.

— L'économie n'est pas la moindre des vertus de Votre Grâce, reprit Mr. Podgers, et Lady Windermere fut prise de fou rire.

— L'économie est une fort bonne chose, fit observer la duchesse en se rengorgeant ; quand j'ai épousé Paisley, il avait onze châteaux, et pas une seule maison habitable.

— Et maintenant, il a douze maisons, mais pas un seul château, s'écria Lady Windermere.

— Ma foi, ma chère, dit la duchesse, moi, j'aime...

— Le confort, dit Mr. Podgers, les aménagements modernes, et l'eau chaude installée dans toutes les chambres. Votre Grâce a parfaitement raison. Le confort est la seule chose que puisse nous donner notre civilisation.

— Vous avez admirablement dévoilé le caractère de la duchesse, Mr. Podgers, et maintenant, il faut que vous nous révéliez celui de Lady Flora » ; et, en réponse à un signe de tête de la souriante maîtresse de maison, une grande jeune fille, aux cheveux fauves d'Écossaise et aux omoplates saillantes, s'avança gauchement de derrière le canapé, et tendit une longue main osseuse aux doigts spatulés.

« Ah ! Une pianiste ! Je vois, dit Mr. Podgers, excellente pianiste, mais musicienne... à peine, pourrait-on dire. Fort réservée, très honnête, et ayant un grand amour des animaux.

— Très juste ! s'écria la duchesse, se tournant vers Lady Windermere, absolument exact ! Flora a deux douzaines de chiens de berger à Macloskie, et ferait de notre maison de Londres une ménagerie, si son père le lui permettait.

— Eh bien, mais c'est précisément ce que je fais de ma maison tous les jeudis soir, s'écria Lady Windermere, riant ; seulement, j'aime mieux les lions que les chiens de berger.

— C'est là votre seule erreur, Lady Windermere, dit Mr. Podgers, en s'inclinant pompeusement.

— Si une femme est incapable de faire en sorte que ses erreurs soient charmantes, elle n'est qu'un "individu de sexe féminin", répondit-elle. Mais il faut que vous nous déchiffriez encore quelques mains. Tenez, Sir Thomas, montrez donc la vôtre à Mr. Podgers » ; et un vieux monsieur à l'air agréable, qui arborait un gilet blanc, s'avança, et tendit une main épaisse et rugueuse, avec un majeur très long.

« Nature aventureuse ; quatre longs voyages par le passé, et un autre à venir. Avez fait naufrage trois fois. Non, deux fois seulement, mais en danger de naufrage lors de votre prochain voyage. Conservateur convaincu, très ponctuel, et collectionneur passionné de curiosités. Avez été gravement malade entre seize et dix-huit ans. Avez hérité d'une fortune vers la trentaine. Avez en aversion les chats et les extrémistes.

— Extraordinaire ! s'écria Sir Thomas. Il faut vraiment que vous déchiffriez aussi la main de ma femme.

— De votre seconde femme, dit tranquillement Mr. Podgers, gardant toujours la main de Sir Thomas dans la sienne. De votre seconde femme. J'en serai charmé. »

Mais Lady Marvel, femme à l'air mélancolique, avec des cheveux bruns et des cils sentimentaux, refusa absolument de laisser dévoiler en public son passé ou son avenir ; et rien de ce que fit Lady Windermere ne put inciter M. de Koloff, l'ambassadeur de Russie, ne fût-ce qu'à se déganter. En vérité, beaucoup de gens semblaient avoir peur d'être confrontés au petit homme bizarre au sourire stéréotypé, aux lunettes d'or, et aux yeux brillants en boutons de bottines ; et lorsqu'il dit à la pauvre Lady Fermor, à haute voix devant tout le monde, qu'elle n'aimait nullement la musique, mais affectionnait énormément les musiciens, on eut en général le sentiment que la chiromancie était une science fort dangereuse, et à ne pas encourager, sinon en tête-à-tête.

Lord Arthur Savile, cependant, qui ne savait rien de l'histoire malheureuse de Lady Fermor, et qui avait observé Mr. Podgers avec beaucoup d'intérêt, fut pénétré de curiosité, et pris du désir intense de faire déchiffrer sa propre main ; mais éprouvant quelque timidité à se mettre en avant, il traversa la pièce jusqu'à l'endroit où se tenait Lady Windermere, et, en rougissant d'une manière charmante, lui demanda si elle croyait que Mr. Podgers verrait quelque objection...

« Il n'y verra aucune objection, bien entendu, dit Lady Windermere, c'est pour cela qu'il est là. Tous mes lions, Lord Arthur, sont des lions savants, et sautent à travers des cerceaux chaque fois que je les en prie. Mais je dois vous avertir d'avance que je raconterai tout à Sybil. Elle doit venir déjeuner avec moi demain, pour parler chapeaux, et si Mr. Podgers découvre que vous avez mauvais caractère, ou une tendance à la goutte, ou une femme habitant Bayswater[1], je lui conterai toute l'affaire par le menu. »

Lord Arthur sourit, et hocha la tête :

« Je n'ai pas peur, répondit-il. Sybil me connaît aussi bien que je la connais.

— Ah ! Je suis un peu déçue de vous entendre dire cela. Le mariage doit être fondé sur un malentendu mutuel. Non, je ne suis pas du tout cynique, j'ai simplement de l'expérience, — ce qui, toutefois, revient à peu près au même. Mr. Podgers, Lord Arthur Savile meurt d'envie de faire déchiffrer sa main. Ne lui dites pas qu'il est fiancé à l'une des plus belles jeunes filles de Londres, car cela a paru dans le *Morning Post* il y a un mois.

— Chère Lady Windermere, s'écria la marquise de Jedburgh, permettez donc que Mr. Podgers reste ici un peu plus longtemps. Il vient de me dire que je ferai du théâtre, et cela m'intéresse tellement !

— S'il vous a dit cela, Lady Jedburgh, je vais certainement vous l'enlever. Venez donc par ici tout de suite, Mr. Podgers, et lisez dans la main de Lord Arthur.

— Allons, dit Lady Jedburgh, faisant une petite moue en se levant du canapé, si je ne dois pas être autorisée à faire du théâtre, il faut qu'on me permette au moins de faire partie des spectateurs.

— Bien entendu ; nous allons tous faire partie des spectateurs, dit Lady Windermere ; et maintenant, Mr. Podgers, dites-nous surtout quelque chose de gentil. Lord Arthur est un de mes préférés. »

Mais quand Mr. Podgers vit la main de Lord Arthur, il pâlit bizarrement, et ne dit rien. Il parut être

1. Quartier de Londres (à proximité des Kensington Gardens et de la gare de Paddington) qui passait jadis pour abriter des amours irrégulières.

parcouru d'un frisson, et ses gros sourcils en broussaille frémirent convulsivement, en saccades curieuses et irritantes, comme il leur était habituel quand il était intrigué. Puis quelques énormes perles de sueur apparurent sur son front jaune, semblables à une rosée vénéneuse, et ses doigts charnus devinrent froids et poisseux.

Lord Arthur ne manqua pas de remarquer ces signes d'agitation étranges, et, pour la première fois de sa vie, il ressentit lui-même de la peur. Son premier mouvement fut de se précipiter hors de la pièce, mais il se retint. Il valait mieux connaître la mauvaise nouvelle, quelle qu'elle fût, que d'être laissé dans cette incertitude affreuse.

« J'attends, Mr. Podgers, dit-il.

— Nous attendons tous, s'écria Lady Windermere, à sa manière vive et impatiente, mais le chiromancien ne répondit pas.

— Je crois qu'Arthur doit faire du théâtre, dit Lady Jedburgh, et qu'après votre réprimande, Mr. Podgers a peur de le lui dire. »

Tout à coup, Mr. Podgers laissa tomber la main droite de Lord Arthur, et lui agrippa la gauche, se courbant si bas pour l'examiner, que la monture en or de ses lunettes parut presque toucher la paume. Un instant, son visage devint un masque blanc d'horreur, mais il reprit vite son sang-froid, et, levant les yeux vers Lady Windermere, il dit, avec un sourire contraint :

« C'est la main d'un jeune homme charmant.

— Bien entendu ! répondit Lady Windermere, mais sera-t-il un mari charmant ? Voilà ce que je désire savoir.

— Tous les jeunes hommes charmants le sont, dit Mr. Podgers.

— A mon avis, un mari ne devrait pas être trop

séduisant, murmura Lady Jedburgh d'un ton pensif, c'est si dangereux !

— Ma chère enfant, ils ne le sont jamais, trop séduisants, s'écria Lady Windermere. Mais ce qu'il me faut, ce sont des détails. Les détails sont les seules choses qui soient intéressantes. Que va-t-il arriver à Lord Arthur ?

— Eh bien, dans les quelques mois qui viennent, Lord Arthur va faire un voyage...

— Ah ! oui, son voyage de noces, bien sûr !

— Et perdre un parent.

— Pas sa sœur, j'espère ? dit Lady Jedburgh, d'un ton apitoyé.

— Certainement pas sa sœur, répondit Mr. Podgers, en agitant la main d'un geste méprisant, un parent éloigné, rien de plus.

— Ma foi, je suis abominablement déçue, dit Lady Windermere. Je n'ai absolument rien à dire à Sybil, demain. Personne ne se soucie des parents éloignés, à l'époque actuelle. Ils ont passé de mode voilà des années. Enfin, je suppose qu'elle fera bien de prévoir une robe de soie noire : c'est passe-partout pour l'église, n'est-ce pas ? Et maintenant, allons souper. On aura sûrement tout mangé, mais il se peut que nous trouvions encore du potage chaud. François faisait jadis un excellent potage, mais il s'agite tellement à propos de politique, à présent, que je ne suis plus jamais sûre de lui. Comme je voudrais que le général Boulanger se tînt tranquille ! Duchesse, je suis certaine que vous êtes fatiguée ?

— Pas du tout, chère Gladys, répondit la duchesse, en se dirigeant avec un dandinement vers la porte. Je me suis énormément amusée, et le manucure — je veux dire le chiromancien — est fort intéressant. Flora, où peut bien être mon éventail en écaille ? Oh ! merci, Sir Thomas, mille mercis. Et mon châle en dentelle, Flora ? Oh ! merci, Sir Thomas, vous êtes bien aimable, en vérité. »

Et la digne créature réussit enfin à descendre sans faire tomber plus de deux fois son flacon de parfum.

Pendant tout ce temps, Lord Arthur Savile était resté debout à côté de la cheminée, pénétré de ce même sentiment d'effroi, de cette même sensation nauséeuse d'un malheur à venir. Il adressa un sourire triste à sa sœur, au moment où elle passait à côté de lui au bras de Lord Plymdale, ravissante avec sa robe de brocart rose et ses perles, et c'est à peine s'il entendit Lady Windermere lorsqu'elle lui cria de la suivre. Il songeait à Sybil Merton, et l'idée que quelque chose pût venir s'interposer entre eux lui embuait les yeux de larmes.

En le voyant, on eût dit que Némésis avait volé le bouclier de Pallas et lui avait montré la tête de la Gorgone. Il semblait changé en pierre, et son visage était pareil à du marbre, dans sa mélancolie. Il avait vécu la vie raffinée et luxueuse d'un jeune homme possédant la naissance et la fortune, une vie exquise parce qu'à l'abri de toute préoccupation sordide, et pleine d'une belle insouciance juvénile ; et voici que, pour la première fois, il prenait conscience du mystère terrible du Destin, de la signification effarante de la Fatalité.

Comme tout cela semblait insensé et monstrueux ! Se pouvait-il que fût inscrit sur sa main, en caractères qu'il était incapable, quant à lui, de lire, mais qu'un autre pouvait déchiffrer, quelque péché effrayant et secret, le signe sanglant de quelque crime ? N'y avait-il aucune échappatoire possible ? N'étions-nous donc rien de plus que les pièces d'un jeu d'échecs, mues par une puissance invisible, que des vases que le potier façonne à sa fantaisie et destinés à contenir l'honneur ou la honte ? Sa raison se révoltait contre cette pensée, et pourtant, il avait le sentiment que quelque tragédie était suspendue au-dessus de sa tête et qu'il avait été brutalement sommé de supporter un faix intolérable. Comme les acteurs ont de la chance ! Ils ont le choix de paraître dans la tragédie ou la comédie, de souffrir ou de s'ébaudir, de rire ou de verser des larmes. Mais dans la vie réelle il en va autrement. La plupart des hommes et des femmes sont contraints de jouer des rôles pour lesquels ils ne sont aucunement qualifiés. Ce sont nos Guildenstern qui nous jouent Hamlet, et nos Hamlet sont obligés de plaisanter comme le prince Hal. Le monde est un théâtre, mais la pièce est mal distribuée.

Tout à coup, Mr. Podgers entra dans la pièce. Lorsqu'il aperçut Lord Arthur, il sursauta, et son visage aux traits grossiers et bouffis devint livide. Les regards des deux hommes se croisèrent, et pendant un instant il y eut un silence.

« La duchesse a laissé ici un de ses gants, Lord Arthur, et m'a prié de le lui rapporter, dit en fin de compte Mr. Podgers. Ah ! Je le vois sur le canapé ! Bonsoir, Milord.

— Mr. Podgers, j'insiste pour que vous répondiez franchement à une question que je vais vous poser.

— Une autre fois, Lord Arthur, car la duchesse est inquiète. Je regrette, il faut que je m'en aille.

— Vous ne partirez pas. La duchesse n'est pas pressée.

— Il ne faut pas faire attendre les dames, Lord Arthur, dit Mr. Podgers, avec son sourire contraint. Le beau sexe a tendance à se montrer impatient. »

Les lèvres finement ciselées de Lord Arthur se courbèrent en une expression de dédain irrité. La pauvre duchesse lui paraissait de bien peu d'importance en cet instant. Il traversa la pièce jusqu'à l'endroit où était Mr. Podgers, et tendit la main.

« Dites-moi ce que vous avez vu là, dit-il. Dites-moi la vérité. Il faut que je la connaisse. Je ne suis pas un enfant. »

Les yeux de Mr. Podgers se mirent à cligner derrière ses lunettes à monture d'or, et il se dandina d'une jambe sur l'autre, mal à l'aise, tandis que ses doigts tripotaient avec nervosité une chaîne de montre voyante.

« Qu'est-ce qui vous fait croire que j'ai vu dans votre main, Lord Arthur, plus de choses que je ne vous en ai dites ?

— Je le sais, et j'insiste pour que vous m'en informiez. Je vous paierai. Je vous donnerai un chèque de cent livres[1]. »

Les yeux verts lancèrent un bref éclair, puis redevinrent ternes.

« Guinées[2] ? dit enfin Mr. Podgers, d'une voix basse.

— Soit. Je vous enverrai un chèque demain. Quel est votre club ?

— Je n'ai pas de club... C'est-à-dire... pas pour le moment. Mon adresse est... mais permettez-moi de vous donner ma carte » ; et tirant de la poche de son gilet un carton doré sur tranches, Mr. Podgers le tendit, en s'inclinant profondément, à Lord Arthur, qui y lut :

Mr. SEPTIMUS R. PODGERS
CHIROMANCIEN PROFESSIONNEL
103 a. West Moon Street

« Je reçois de dix heures à quatre heures, murmura

1. Soit 2 500 francs-or.
2. La guinée est une monnaie de compte, valant 21 shillings, alors que la livre n'en vaut que 20. Les honoraires des professions libérales et artistiques sont généralement évalués en guinées.

Mr. Podgers d'un ton mécanique, et j'accorde une réduction aux familles.

— Dépêchez-vous », s'écria Lord Arthur, fort pâle et tendant la main.

Mr. Podgers jeta avec nervosité un regard circulaire, et tira la lourde portière devant la porte.

« Cela prendra un petit moment, Lord Arthur : vous feriez mieux de vous asseoir.

— Dépêchez-vous, monsieur », s'écria de nouveau Lord Arthur, tapant du pied avec colère sur le parquet ciré.

Mr. Podgers sourit, tira de la poche intérieure de son veston une petite loupe, et l'essuya soigneusement avec son mouchoir.

« Je suis à votre disposition », dit-il.

2

Dix minutes plus tard, le visage blême de terreur, le regard traqué, Lord Arthur Savile sortit précipitamment de Bentinck House, se frayant avec vigueur un passage parmi la foule des laquais habillés de fourrure qui entouraient la grande marquise à rayures ; il paraissait ne rien voir ni entendre. La nuit était d'un froid glacial, et la flamme des réverbères disposés tout autour de la place ardait et vacillait sous le vent mordant ; mais ses mains étaient chaudes de fièvre, et son front brûlait comme du feu.

Un agent de police le regarda avec curiosité comme il passait, et un mendiant, qui sortait d'un pas traînant de sous une arche pour demander l'aumône, s'effraya en voyant là une misère plus grande que la sienne. A un moment Lord Arthur s'arrêta sous un bec de gaz, et regarda ses mains. Il lui sembla qu'il y décelait déjà des taches de sang, et un faible cri s'échappa de ses lèvres tremblantes.

Un assassinat ! Voilà ce qu'y avait vu le chiromancien. Un assassinat ! La nuit elle-même paraissait le savoir, et le vent désolé le hurler à son oreille. Les coins sombres de la rue en étaient tout remplis. Il lui ricanait au visage, du haut du toit des maisons.

Il arriva d'abord au Parc[1], dont l'ombre boisée

1. Hyde Park, célèbre parc londonien.

semblait le fasciner. Il s'appuya avec lassitude contre le grillage, rafraîchissant son front au contact du métal mouillé, et écoutant le silence frémissant des arbres.

« Un assassinat ! Un assassinat ! » répétait-il continuellement, comme si la réitération pouvait émousser l'horreur de ce mot.

Le son de sa propre voix le fit frissonner, et pourtant il espéra presque que la nymphe Écho pût l'entendre, et réveiller de ses rêves la ville assoupie. Il se sentit pris d'un désir insensé d'arrêter le premier passant venu, et de tout lui conter.

Puis, traversant Oxford Street, il erra dans des ruelles étroites et infâmes. Deux femmes aux joues fardées se moquèrent de lui sur son passage. Du fond d'une cour sombre arriva un bruit de jurons et de coups, suivi de cris aigus, et, affalées sur un seuil humide, il vit les formes bossues de la pauvreté et de la vieillesse. Il fut saisi d'une pitié étrange. Ces enfants du péché et de la misère étaient-ils prédestinés à leur fin, comme lui à la sienne ? Étaient-ils, comme lui, les simples marionnettes d'un théâtre monstrueux ?

Et pourtant, ce n'était pas le mystère, mais la comédie de la souffrance, qui le frappait ; son inutilité absolue, sa grotesque absence de signification. Comme tout paraissait incohérent ! Comme tout manquait d'harmonie ! Il était stupéfait de la discordance entre l'optimisme creux de l'époque et les faits réels de l'existence. Il était encore très jeune.

Au bout de quelque temps, il se trouva devant l'église de Marylebone. La large rue silencieuse ressemblait à un long ruban d'argent poli, taché çà et là des arabesques sombres que formaient les ombres mouvantes. L'enfilade des lumières des réverbères s'infléchissait là-bas, dans le lointain, et, devant une petite maison entourée d'un mur, stationnait un hansom[1] solitaire, dont le cocher dormait à l'intérieur. Lord Arthur marcha rapidement en direction de Portland Place, se retournant de temps à autre, comme s'il craignait d'être suivi. Au coin de Rich Street se tenaient deux hommes, lisant une petite affiche sur une palissade. Une sensation bizarre de curiosité l'agita, et il traversa la chaussée.

Comme il se rapprochait, le mot « Assassinat », imprimé en lettres noires, frappa son regard. Il sursauta, et sa joue s'empourpra violemment. C'était un avis de recherche offrant une récompense pour toute indication susceptible d'amener l'arrestation d'un homme de taille moyenne, âgé de trente à quarante ans, coiffé d'un chapeau melon, vêtu d'un pantalon à carreaux, et marqué d'une cicatrice sur la joue droite. Il le lut et le relut plusieurs fois, et se demanda si le misérable serait jamais appréhendé, et comment il avait reçu sa balafre. Peut-être, quelque jour, son propre nom serait-il placardé sur les murs de Londres. Quelque jour, peut-être, sa tête serait également mise à prix.

Cette idée lui causa une nausée d'horreur. Il tourna les talons, et pressa le pas dans la nuit.

C'est à peine s'il savait où il allait. Il eut le vague souvenir d'avoir erré parmi un labyrinthe de maisons sordides, de s'être perdu dans un réseau gigantesque de rues sombres, et l'aube était déjà là, toute claire, quand il se retrouva enfin dans Piccadilly Circus.

Prenant sans hâte le chemin qui le ramenait chez lui, dans Belgrave Square, il croisa les énormes char-

1. C'est la voiture fermée à deux roues, dont le cocher est perché tout en haut sur un siège extérieur, si caractéristique — jadis — des villes anglaises. Bien entendu, l'automobile a eu raison des hansoms.

rettes en route pour Covent Garden[1]. Les charretiers en blouses blanches, aux bonnes figures hâlées, aux cheveux épais et bouclés, marchaient bravement en faisant claquer leurs fouets et en s'interpellant mutuellement de temps à autre ; sur le dos d'un énorme cheval gris, qui menait un attelage tintinnabulant, était assis un gamin joufflu, un bouquet de primevères piqué à son chapeau bossué, s'agrippant de ses petites mains à la crinière, et riant ; et les hautes piles de légumes ressemblaient à des masses de jade sur le ciel matinal, à des masses de jade devant les pétales roses de quelque rose merveilleuse. Lord Arthur se sentit bizarrement affecté, sans qu'il eût pu dire pourquoi. Il y avait, dans la beauté délicate de l'aube, quelque chose qui lui parut indiciblement touchant, et il songea à tous les jours qui naissent dans la beauté, et se terminent dans la tempête. Ces campagnards aussi, à la voix rude et bon enfant, avec leurs façons nonchalantes, quel Londres étrange ils voyaient ! Un Londres vierge du péché de la nuit et de la fumée du jour, une ville pâle et fantomatique, une ville désolée de tombes ! Il se demanda ce qu'ils en pensaient, et s'ils savaient quelque chose de sa splendeur et de sa honte, de ses joies féroces couleur de feu, de sa faim horrible, et de tout ce qu'elle crée et détruit du matin au soir. Elle n'était probablement pour eux qu'un marché où ils apportaient leurs fruits pour les vendre, et où ils demeuraient quelques heures tout au plus, laissant derrière eux les rues encore silencieuses, les maisons encore endormies. Il éprouva du plaisir à les regarder passer. Tout grossiers qu'ils fussent, avec leurs lourds souliers cloutés et leur démarche maladroite, ils appor-

1. C'est le marché aux fruits et légumes, analogue à une partie des Halles de Paris, et situé, comme elles naguère, en plein centre, non loin de Charing Cross.

taient avec eux un peu de l'Arcadie. Il sentait qu'ils avaient vécu auprès de la Nature, et qu'elle leur avait appris la paix. Il leur envia tout ce qu'ils ne savaient pas.

Lorsqu'il arriva enfin à Belgrave Square, le ciel s'éclairait du bleu pâle de l'aube, et les oiseaux commençaient à gazouiller dans les jardins.

3

Quand Lord Arthur se réveilla, le soleil de midi se déversait à flots au travers des rideaux de soie ivoire de sa chambre. Il se leva et regarda par la fenêtre. Une vague brume de chaleur était suspendue sur la grande ville, et les toits des maisons étaient semblables à de l'argent terni. Dans la verdure du square qui s'étendait à ses pieds, en luisant par intermittence, des enfants couraient çà et là comme des papillons blancs, et le trottoir était encombré de gens qui se dirigeaient vers le Parc. Jamais la vie ne lui avait paru plus charmante, jamais les choses néfastes ne lui avaient paru plus lointaines.

Puis son valet de chambre lui apporta une tasse de chocolat sur un plateau. Après qu'il l'eut bue, il écarta une lourde portière de peluche couleur pêche, et passa dans la salle de bain. La lumière tombait doucement du plafond, tamisée par des plaques minces d'onyx transparent, et l'eau dans la baignoire de marbre luisait comme une pierre de lune. Il s'y plongea bien vite, jusqu'à ce que les ondes fraîches vinssent au contact de sa gorge et de ses cheveux, puis il y trempa complètement la tête, comme s'il avait voulu effacer la tache de quelque souvenir honteux. Lorsqu'il en sortit, il se sentit presque rasséréné. Les conditions physiques exquises du moment l'avaient dominé, comme il arrive souvent, à la vérité, aux natures délicatement constituées, car les sens, comme le feu, peuvent purifier comme ils peuvent détruire.

Après le petit déjeuner, il se jeta sur un divan, et alluma une cigarette. Sur la cheminée, dans un cadre de brocart ancien et raffiné, était placée une grande photographie de Sybil Merton, telle qu'il l'avait vue pour la première fois au bal de Lady Noel. La petite tête au fin contour était légèrement penchée de côté, comme si le cou mince, semblable à un roseau, avait peine à supporter le poids de tant de beauté ; les lèvres étaient entrouvertes, et paraissaient faites pour une douce musique ; et toute la tendre pureté de la jeune fille était là, répandue dans le regard émerveillé des yeux rêveurs. Avec sa robe de crêpe de Chine souple qui la moulait, et son grand éventail en forme de feuille, elle ressemblait à l'une de ces figurines graciles que l'on trouve dans les bois d'oliviers au voisinage de Tanagra ; et il y avait une pointe de grâce hellène dans sa pose et son attitude. Pourtant, elle n'était pas menue. Elle était simplement de proportions parfaites — chose rare à une époque où tant de femmes sont, soit trop grandes, soit insignifiantes.

A présent, tandis que Lord Arthur la regardait, il fut pénétré de la pitié terrible que fait naître l'amour. Il eut le sentiment que l'épouser, tant que la fatalité du meurtre était suspendue au-dessus de sa propre tête, ce serait une trahison comme celle de Judas, un crime plus noir qu'aucun de ceux qu'avaient jamais rêvés les Borgia. Quel bonheur pouvait-il y avoir pour eux, alors qu'à n'importe quel moment il pourrait être appelé à réaliser la terrible prophétie inscrite dans sa main ? Quel genre d'existence connaîtraient-ils, tant que le Destin tiendrait encore ce sort affreux sur le plateau de la balance ? Le mariage devait être retardé, coûte que coûte. Cela, il y était fermement résolu.

Quelque ardemment qu'il aimât la jeune fille — et le simple contact de ses doigts, quand ils étaient assis l'un à côté de l'autre, faisait frémir tous les nerfs de son corps d'une joie exquise —, il n'en reconnut pas moins nettement où était son devoir, et il avait pleinement conscience de n'avoir pas le droit de se marier tant qu'il n'aurait pas commis le meurtre. Cela fait, il pourrait affronter l'autel avec Sybil Merton, et remettre sa vie entre les mains de la jeune fille sans crainte de mal agir. Cela fait, il pourrait la prendre dans ses bras, sachant qu'elle n'aurait jamais à rougir de lui, qu'elle n'aurait jamais à baisser la tête de honte. Mais il fallait d'abord que la chose fût faite ; et plus tôt ce serait, mieux cela vaudrait pour l'un comme pour l'autre.

Bien des hommes, à sa place, auraient préféré le sentier fleuri de la folâtrerie aux rocs escarpés du devoir ; mais Lord Arthur était trop consciencieux pour placer le plaisir au-dessus des principes. Il y avait, dans son amour, mieux que la simple passion ; et Sybil était pour lui le symbole de tout ce qui est bon et noble. Un instant, il éprouva une répugnance naturelle à l'encontre de ce qu'on exigeait qu'il fît, mais elle disparut bientôt. Son cœur lui dit que ce n'était point un péché, mais un sacrifice ; sa raison lui rappela qu'aucune autre voie ne lui était ouverte. Il avait à choisir entre vivre pour lui-même et vivre pour autrui, et, tout terrible que fût sans nul doute le devoir qui lui était imposé, il savait cependant qu'il ne devait pas permettre à l'égoïsme de triompher de l'amour. Tôt ou tard, nous sommes tous appelés à prendre une décision sur la même question — la même interrogation nous est posée, à tous. Pour Lord Arthur, elle venait de bonne heure dans sa vie — avant que sa nature eût été corrompue par le cynisme calculateur de l'âge mûr, ou que son cœur fût rongé par l'égotisme sans profondeur qui est à la mode à notre époque ; et il n'éprouvait aucune hésitation quant à l'accomplissement de son devoir. Heureusement pour lui, aussi, ce n'était ni un simple rêveur, ni un dilettante oisif. S'il l'avait été, il eût hésité, comme Hamlet, et eût permis à l'irrésolution de détruire son dessein. Mais c'était essentiellement un esprit positif. La vie, pour lui, signifiait l'action, plutôt que la pensée. Il possédait cette chose rare entre toutes : du bon sens.

Les sentiments désordonnés et troubles de la nuit précédente s'étaient à présent dissipés, et ce fut presque avec une sensation de honte qu'il se reporta à ses folles allées et venues d'une rue à l'autre, au martyre furieux que lui avaient causé ses émotions. La sincérité même de ses souffrances les lui fit paraître, à présent, irréelles. Il se demanda comment il avait pu être assez sot pour déclamer et divaguer comme un énergumène face à l'inévitable. La seule question qui continuait à le préoccuper, c'était de savoir qui il devait faire disparaître ; car il n'était pas sans se rendre compte que l'assassinat, comme les religions du monde païen, exige une victime aussi bien qu'un prêtre.

N'étant pas un génie, il n'avait pas d'ennemis, et d'ailleurs il avait l'impression que ce n'était pas le moment d'agir en fonction d'une offense ou d'une aversion personnelle, la mission dans laquelle il était engagé étant investie d'une grande solennité. Aussi dressa-t-il une liste de ses amis et parents sur une feuille de papier à lettres, et, après mûre réflexion, il se décida en faveur de Lady Clementina Beauchamp, une aimable vieille dame qui habitait Curzon Street, et qui était sa cousine maternelle au second degré. Il avait toujours beaucoup aimé Lady Clem, comme tout le monde l'appelait, et comme il était lui-même fort riche, ayant hérité toute la fortune de Lord Rugby lors de sa majorité, il n'y avait aucune possibilité qu'il tirât de la mort de sa parente un vulgaire avantage financier. En vérité, plus il réfléchit à la question, plus Lady Clem lui parut être la personne adéquate ; et, sentant que tout délai serait injuste à l'égard de Sybil, il résolut de prendre immédiatement ses dispositions.

La première chose à faire, c'était, bien entendu, de régler le chiromancien ; il s'assit donc à un petit bureau Sheraton[1] qui était près de la fenêtre, tira un chèque de 105 livres, payable à l'ordre de Mr. Septimus Podgers, et, le pliant dans une enveloppe, dit à son valet de chambre de la porter chez ce dernier, dans West Moon Street. Il téléphona ensuite à l'écurie pour faire venir son hansom, et s'habilla pour sortir. En quittant la pièce, il se retourna pour regarder la photographie de Sybil Merton, et fit serment que, quoi qu'il advienne, il ne l'instruirait jamais de ce qu'il faisait pour elle, mais garderait toujours bien enfoui dans son cœur le secret de son sacrifice.

En route pour le Buckingham Club, il s'arrêta chez un fleuriste, et envoya à Sybil une magnifique corbeille de narcisses, aux ravissants pétales blancs, et d'adonis éclatants ; dès qu'il fut arrivé au club, il alla tout droit à la bibliothèque, sonna, et ordonna au garçon de lui apporter un citron au soda et un livre de toxicologie. Il avait décidé qu'au fond le poison était le meilleur moyen à adopter dans cette ennuyeuse affaire. Tout ce qui ressemblait à la violence physique lui était extrêmement désagréable, et d'ailleurs, il désirait vivement ne pas assassiner Lady Clementina de quelque manière qui attirât l'attention publiquement, car il détestait l'idée d'être fêté comme un personnage célèbre chez Lady Windermere, ou de voir figurer son nom dans les entrefilets de vulgaires journaux mondains. Il lui

1. Célèbre ébéniste de la fin du XVIIIe siècle, caractérisé par son style sévère.

fallait songer aussi au père et à la mère de Sybil, qui étaient des gens un peu vieux jeu, et qui pouvaient s'opposer au mariage s'il y avait quoi que ce fût qui ressemblât à un scandale, bien qu'il fût convaincu que s'il leur contait tous les détails de l'affaire, ils seraient les tout premiers à approuver les motifs qui le poussaient à agir. Il avait donc toutes les raisons du monde de porter son choix sur le poison. Ce procédé était sûr, efficace et silencieux, et supprimait toute nécessité de scènes pénibles, pour lesquelles, comme la plupart des Anglais, il avait une profonde répugnance.

La science des poisons lui était, en revanche, totalement étrangère, et comme le garçon parut totalement incapable de trouver, dans la bibliothèque, autre chose que le *Guide Ruff*[1] et le *Bailey's Magazine*, il examina lui-même les rayons, et tomba finalement sur une édition somptueusement reliée de la *Pharmacopée*, et sur un exemplaire de la *Toxicologie* d'Erskine, annoté par Sir Matthew Reid, président du Collège royal des Médecins, et l'un des membres les plus anciens du Buckingham, où il avait été élu par erreur à la place d'un autre — contretemps qui mit le comité dans une telle fureur que, lorsque le vrai candidat se présenta, on le blackboula à l'unanimité.

Lord Arthur fut considérablement intrigué par les termes techniques employés dans l'un et l'autre de ces deux livres, et il commençait à regretter de n'avoir pas étudié avec plus de soin ses classiques à Oxford, lorsque, dans le second volume d'Erskine, il trouva un mémoire très intéressant et complet sur les propriétés de l'aconitine, rédigé en un anglais assez intelligible. Cela lui parut être exactement le poison qu'il lui fallait. Il était rapide — d'un effet quasi immédiat —, parfaitement indolore, et, pris sous la

1. Annuaire des courses.

forme d'une capsule de gélatine, ce qui était le mode indiqué par Sir Matthew, n'était nullement désagréable au goût. Aussi inscrivit-il en note, sur sa manchette, la quantité nécessaire pour une dose mortelle, puis il remit les livres en place, et remonta lentement Saint-James's Street, pour entrer chez Pestle et Humbey, les grands pharmaciens. Mr. Pestle, qui servait toujours personnellement l'aristocratie, fut fort surpris en prenant la commande, et sur un ton très déférent, murmura quelques mots au sujet de la nécessité d'une ordonnance. Toutefois, dès que Lord Arthur lui eut expliqué que c'était pour un gros dogue norvégien dont il était obligé de se défaire, parce qu'il manifestait les signes d'un commencement de rage, et avait déjà mordu deux fois le cocher au mollet, le pharmacien se déclara parfaitement satisfait, complimenta Lord Arthur sur ses connaissances remarquables en toxicologie, et fit préparer immédiatement la dose nécessaire.

Lord Arthur mit la capsule dans une jolie petite bonbonnière d'argent qu'il vit dans la vitrine d'un magasin de Bond Street, jeta la déplaisante boîte à pilules de chez Pestle et Humbey, et se fit conduire immédiatement chez Lady Clementina.

« Eh bien, monsieur le mauvais sujet ! s'écria la vieille dame, lorsqu'il pénétra dans la pièce, pourquoi n'êtes-vous pas venu me voir, depuis tout ce temps ?

— Ma chère Lady Clem, je n'ai jamais un instant à moi, dit Lord Arthur, en souriant.

— Vous voulez dire, sans doute, que vous passez toutes vos journées avec Miss Sybil Merton, à acheter des chiffons et à dire des fadaises ? Je ne comprends pas qu'on fasse un tel tapage à propos du mariage. De mon temps, nous n'aurions jamais songé à roucouler en public — ni d'ailleurs dans l'intimité.

— Je vous assure que je n'ai pas vu Sybil depuis

vingt-quatre heures, Lady Clem. Pour autant que je puisse savoir, elle appartient entièrement à ses modistes.

— Bien entendu ; c'est là la seule raison pour laquelle vous venez voir un vieux laideron comme moi. Je m'étonne que vous ne fassiez pas votre profit de tels avertissements, vous autres hommes. On a fait des folies pour moi, et me voilà, pauvre rhumatisante, avec un faux chignon et mon mauvais caractère. Ah ! si je n'avais pas cette chère Lady Jansen, qui m'envoie tous les plus mauvais romans français[1] qu'elle puisse trouver, je crois bien que je ne passerais pas la journée. Les médecins ne servent absolument à rien, si ce n'est à vous soutirer des honoraires. Ils ne sont même pas capables de guérir mes aigreurs.

— Je vous ai apporté pour cela un remède, Lady Clem, dit gravement Lord Arthur. C'est une merveille, inventée par un Américain.

— Je n'aime pas les inventions américaines, Arthur. Cela, j'en suis certaine. J'ai lu dernièrement quelques romans américains, et ils étaient absolument vides de sens.

— Oh ! mais, en l'espèce, ce n'est pas le sens qui manque, Lady Clem ! Je vous assure que c'est un remède parfait. Il faut me promettre de l'essayer. »

Et Lord Arthur tira de sa poche la petite boîte et la lui tendit.

« Enfin, la boîte est charmante, Arthur. C'est un cadeau, sérieusement ? C'est très gentil de votre part. Et c'est là le remède merveilleux ? On dirait un bonbon. Je vais le prendre tout de suite.

— Grand Dieu ! Lady Clem, s'écria Lord Arthur, en lui agrippant la main, surtout pas ! C'est un remède

1. Le roman français avait, à la fin du XIXe siècle, une réputation d'immoralité, que lui valait surtout sa liberté de sujet et de style, en opposition avec le caractère anodin des romans anglais de l'époque.

homéopathique, et si vous le preniez sans avoir vos aigreurs, il pourrait vous faire énormément de mal. Attendez d'avoir une crise, et prenez-le à ce moment-là. Vous serez étonnée du résultat.

— Je voudrais le prendre maintenant, dit Lady Clementina, levant à la lumière la petite capsule transparente avec sa bulle flottante d'aconitine liquide. Je suis sûre que c'est délicieux. A vrai dire, je déteste les médecins, mais j'adore les médicaments. Enfin, je le conserverai jusqu'à ma prochaine crise.

— Et quand se produira-t-elle ? demanda Lord Arthur d'un ton de curiosité avide. Sera-ce bientôt ?

— Pas d'ici une semaine, j'espère. J'en ai eu une hier, qui m'a fait passer un mauvais moment. Mais on ne sait jamais.

— Vous êtes donc certaine d'en avoir une avant la fin du mois, Lady Clem ?

— Je le crains bien. Mais comme vous êtes compatissant, aujourd'hui, Arthur ! Vraiment, Sybil vous a fait beaucoup de bien. Et maintenant, il faut vous sauver, car je dîne avec des gens fort ennuyeux, qui se refusent à dire des médisances, et je sais que si je ne puis faire un somme à présent, je ne pourrai jamais rester éveillée pendant le dîner. Au revoir, Arthur ; faites mes amitiés à Sybil, et merci mille fois pour le remède américain.

— Vous n'oublierez pas de le prendre, n'est-ce pas, Lady Clem ? dit Lord Arthur, se levant de sa chaise.

— Bien sûr que je n'oublierai pas, petit nigaud ! Je trouve que c'est fort aimable à vous de songer à moi, et je vous écrirai pour vous dire s'il m'en faut davantage. »

Lord Arthur quitta la maison plein d'entrain, et avec une sensation de grand soulagement.

Ce soir-là il eut une entrevue avec Sybil Merton. Il lui dit qu'il se trouvait soudain placé dans une situation terriblement difficile, à laquelle ni l'honneur, ni le devoir ne lui permettaient de se dérober. Il lui dit que le mariage devait être ajourné pour le moment, car, tant qu'il ne serait pas débarrassé des complications affreuses dans lesquelles il se trouvait, il n'était pas libre. Il la supplia d'avoir confiance en lui, et de n'avoir aucun doute au sujet de l'avenir. Tout finirait par s'arranger, mais il fallait de la patience.

Cette scène eut lieu dans le jardin d'hiver de la maison de Mr. Merton, dans Park Lane, où Lord Arthur avait dîné, comme d'habitude. Sybil n'avait jamais paru plus heureuse, et, l'espace d'un instant, Lord Arthur avait eu la tentation de succomber à la lâcheté, d'écrire à Lady Clementina pour la prier de lui rendre la pilule, et de laisser le mariage se faire comme s'il n'y avait jamais eu de Mr. Podgers au monde. Mais ses bons sentiments reprirent bientôt le dessus, et même quand Sybil se fut jetée dans ses bras en pleurant, il ne chancela pas. La beauté qui avait ému ses sens avait également touché sa conscience. Il eut le sentiment qu'il serait injuste de gâcher une vie si belle pour quelques mois de plaisir.

Il resta auprès de Sybil jusqu'à près de minuit, la consolant et se laissant consoler par elle tour à tour, et le lendemain matin de bonne heure il partit pour Venise, après avoir écrit à Mr. Merton une lettre virile et ferme au sujet de la nécessité d'ajourner le mariage.

4

A Venise il rencontra son frère, Lord Surbiton, qui était venu de Corfou dans son yacht. Les deux jeunes gens passèrent ensemble une quinzaine charmante. Le matin, ils montaient à cheval au Lido, ou glissaient au hasard le long des canaux verts dans leur longue gondole noire ; l'après-midi, ils recevaient généralement des visites à bord du yacht ; et le soir, ils dînaient chez Florian, et fumaient d'innombrables cigarettes sur la Piazza.

Pourtant, chose bizarre, Lord Arthur n'était pas heureux. Tous les jours, il étudiait les colonnes nécrologiques du *Times*, s'attendant à y voir annoncée la mort de Lady Clementina ; mais tous les jours il était déçu. Il commençait à avoir peur qu'il ne lui fût arrivé un accident, et regretta souvent de l'avoir empêchée de prendre l'aconitine lorsqu'elle avait été si impatiente d'en essayer l'effet. Les lettres de Sybil, elles aussi, bien que remplies d'amour, de confiance et de tendresse, étaient souvent d'un ton fort triste, et il lui arrivait parfois de croire qu'il était séparé d'elle à jamais.

Au bout de quinze jours, Lord Surbiton en eut assez de Venise, et résolut de descendre le long de la côte jusqu'à Ravenne, car il avait entendu dire que la chasse à la bécasse était de premier ordre dans la Pineta. Lord Arthur refusa d'abord catégoriquement de l'accompagner ; mais Surbiton, qu'il aimait beaucoup, finit par lui persuader que s'il restait tout seul à l'hôtel Danielli, il s'y ennuierait à mourir ; de sorte qu'ils se mirent en route dans la matinée du 15, par un fort vent de noroît et une mer assez houleuse.

La chasse fut excellente, et la vie au grand air ramena leur couleur aux joues de Lord Arthur ; mais vers le 22, il se sentit inquiet au sujet de Lady Clementina, et, malgré les remontrances de Surbiton, rentra à Venise par le train.

Au moment où il sortait de sa gondole pour gravir les marches de l'hôtel, le propriétaire s'avança au-devant de lui avec une liasse de télégrammes. Lord Arthur les lui arracha des mains, et les ouvrit en hâte. Tout avait bien réussi. Lady Clementina était morte subitement dans la soirée du 17 !

La première pensée de Lord Arthur fut pour Sybil, et il lui envoya un télégramme annonçant son retour immédiat à Londres. Il ordonna ensuite à son valet de chambre de faire ses valises pour le train de nuit, envoya à ses gondoliers le quintuple environ du tarif normal de leurs services, et monta bien vite dans son petit salon, d'un pas léger et le cœur bouillonnant d'espoir. Il y trouva trois lettres qui l'attendaient. L'une était de Sybil elle-même, pleine de sympathie et de condoléances. Les autres provenaient de sa mère et de l'avoué de Lady Clementina. Il en ressortait que la vieille dame avait dîné chez la duchesse le soir même, qu'elle avait fait les délices de tout le monde par son esprit et ses saillies, mais qu'elle était rentrée chez elle d'assez bonne heure, se plaignant de ses aigreurs. Le lendemain matin, on l'avait trouvée morte dans son lit, sans qu'elle eût apparemment souffert. On avait fait venir immédiatement Sir Matthew Reid, mais, bien entendu, il n'y avait rien à faire, et elle devait être inhumée le 22, à Beauchamp Chalcote.

Quelques jours avant sa mort, elle avait fait son testament. Elle laissait à Lord Arthur sa petite maison de Curzon Street, et tous les meubles, ses effets personnels et ses tableaux, à l'exception de sa collection de miniatures, qui devait revenir à sa sœur, Lady Margaret Rufford, et de son collier d'améthystes, que devait recevoir Sybil Merton. Ces biens n'avaient pas grande valeur ; mais Mr. Mansfield, l'avoué, désirait très vivement que Lord Arthur rentrât immédiatement, si possible, car il y avait un grand nombre de factures à régler, et Lady Clementina n'avait jamais tenu régulièrement ses comptes.

Lord Arthur fut extrêmement touché de la gentillesse avec laquelle Lady Clementina s'était souvenue de lui, et il se dit que Mr. Podgers en avait lourd sur la conscience. Son amour pour Sybil, toutefois, l'emportait sur toute autre considération, et la certitude d'avoir fait son devoir lui donna sérénité et réconfort. Lorsqu'il arriva à la gare de Charing Cross, il se sentait parfaitement heureux.

Les Merton le reçurent très aimablement, Sybil lui fit promettre de ne plus jamais laisser s'interposer aucun obstacle entre eux, et le mariage fut fixé au 7 juin. La vie lui parut de nouveau lumineuse et belle, et toute sa gaieté ancienne lui revint.

Un jour, cependant qu'il parcourait la maison de Curzon Street, en compagnie de l'avoué de Lady Clementina et de Sybil elle-même, brûlant des paquets de lettres jaunies, et vidant des tiroirs pleins de bric-à-brac, la jeune fille poussa tout à coup un petit cri de ravissement.

« Qu'avez-vous trouvé, Sybil ? dit Lord Arthur, levant les yeux de sa besogne, et souriant.

— Cette ravissante petite bonbonnière en argent, Arthur. Elle est bien curieuse — hollandaise, n'est-ce pas ? Je vous en prie, donnez-la-moi. Je sais que les améthystes ne m'iront pas avant que j'aie dépassé quatre-vingts ans. »

C'était la boîte qui avait contenu l'aconitine.

Lord Arthur sursauta, et une légère rougeur empourpra ses joues. Il avait presque entièrement oublié ce qu'il avait fait, et ce lui parut être une coïncidence curieuse que Sybil, pour qui il avait enduré toute cette terrible angoisse, se trouvât être la première à le lui rappeler.

« Vous pouvez la prendre, bien entendu, Sybil. C'est moi-même qui l'avais donnée à la pauvre Lady Clem.

— Oh ! Merci, Arthur ; et puis-je garder aussi le bonbon ? Je n'aurais jamais imaginé que Lady Clementina aimât les sucreries. Je la croyais bien trop intellectuelle. »

Le visage de Lord Arthur prit une pâleur mortelle, et une idée horrible lui traversa l'esprit.

« Le bonbon, Sybil ? Que voulez-vous dire ? fit-il d'une voix lente et rauque.

— Il y en a un dans la boîte, et c'est tout. Il a l'air bien vieux et plein de poussière, et je n'ai pas la moindre intention de le manger. Qu'est-ce qu'il y a, Arthur ? Comme vous êtes blanc ! »

Lord Arthur se précipita à travers la pièce, et saisit la boîte. Il y avait à l'intérieur la petite capsule ambrée, avec sa bulle de poison. Lady Clementina était donc morte de sa mort naturelle, malgré tout !

Le choc de cette découverte le laissa abasourdi. Il lança la capsule dans le feu, et tomba sur le canapé avec un cri de désespoir.

5

Mr. Merton fut fort contrarié par le second ajournement du mariage, et Lady Julia, qui avait déjà commandé sa robe pour la cérémonie, fit tout ce qui était en son pouvoir pour amener Sybil à rompre les fiançailles. Mais, quelque puissant que fût l'amour de Sybil pour sa mère, elle avait remis toute sa vie entre les mains de Lord Arthur, et rien de ce que put dire Lady Julia ne parvint à ébranler sa foi.

Quant à Lord Arthur, il lui fallut plusieurs jours pour se remettre de cette terrible déception, et pendant quelque temps il eut les nerfs complètement détraqués. Toutefois, son parfait bon sens reprit bientôt le dessus, et son esprit équilibré et pratique ne le laissa pas hésiter longtemps sur ce qu'il convenait de faire. Le poison s'étant révélé un fiasco complet, la dynamite, ou quelque autre forme d'explosif, était manifestement le moyen à essayer.

En conséquence, il passa en revue la liste de ses amis et parents, et, après mûre réflexion, il résolut de faire sauter son oncle, le doyen de Chichester. Le doyen, homme d'une grande culture et d'un savoir profond, aimait énormément les pendules, et en possédait une collection merveilleuse, qui allait du XVe siècle jusqu'à l'époque actuelle ; et il apparut à Lord Arthur que cette marotte du bon doyen lui offrait une excellente occasion de perpétrer son dessein.

Où se procurer un engin explosif — c'était là, bien

entendu, une autre affaire. Le bottin commercial de Londres ne lui donna pas de renseignement sur ce point, et il se dit qu'il serait sans doute inutile d'aller s'informer à Scotland Yard, car on n'y semblait jamais rien savoir quant aux activités des dynamiteurs, si ce n'est après qu'une explosion avait eu lieu ; et même alors, on ne savait pas grand-chose.

Tout à coup il songea à son ami Rouvaloff, jeune Russe aux tendances fort révolutionnaires, qu'il avait rencontré chez Lady Windermere au cours de l'hiver. Le comte Rouvaloff était censé écrire une vie de Pierre le Grand, et être venu en Angleterre afin d'étudier les documents relatifs au séjour incognito de ce tsar dans ce pays en qualité de constructeur de bateaux ; mais on le soupçonnait en général d'être un agent nihiliste, et il était hors de doute que l'ambassade de Russie ne voyait pas d'un bon œil sa présence à Londres. Lord Arthur eut l'intuition que c'était précisément là l'homme qu'il lui fallait, et se fit conduire un matin au garni de son ami, à Bloomsbury[1], pour lui demander conseil et assistance.

« Vous vous mettez donc sérieusement à la politique ? » dit le comte Rouvaloff, quand Lord Arthur lui eut exposé l'objet de sa démarche.

Mais Lord Arthur, qui avait en horreur la vantardise, quelle qu'elle fût, se sentit obligé de lui avouer qu'il ne s'intéressait pas le moins du monde aux questions sociales, et désirait simplement la machine explosive pour une affaire purement familiale, dans laquelle il était seul à être impliqué.

Le comte Rouvaloff le dévisagea quelques instants avec stupéfaction, puis, voyant qu'il parlait tout à fait sérieusement, inscrivit une adresse sur une feuille de

1. Quartier de Londres habité principalement par des intellectuels et des artistes. C'est là que se trouve le British Museum.

papier, y apposa son paraphe, et la lui tendit par-dessus la table.

« On paierait cher, à Scotland Yard, pour connaître cette adresse-là, mon cher.

— Ils ne l'auront pas », s'écria Lord Arthur, en riant.

Et, après avoir serré chaleureusement la main du jeune Russe, il descendit l'escalier en courant, examina le papier, et dit au cocher de le conduire à Soho Square[1].

Arrivé là, il le congédia, et descendit le long de Greek Street, jusqu'à ce qu'il fût parvenu à un endroit dénommé Bayle's Court. Il passa sous l'arche, et se trouva dans un cul-de-sac bizarre, qui était apparemment occupé par une blanchisserie française, car tout un réseau de cordes à linge y était tendu de maison à maison, et des pièces de linge blanc y flottaient dans l'air matinal. Il s'avança tout droit jusqu'au fond, et frappa à une petite maison verte. Au bout d'un certain temps, durant lequel chacune des fenêtres de la cour devint une masse confuse de visages fureteurs, la porte fut ouverte par un étranger d'aspect assez peu engageant, qui lui demanda en très mauvais anglais ce qu'il désirait. Lord Arthur lui tendit le papier que lui avait donné le comte Rouvaloff. Quand l'homme l'eut vu, il s'inclina, et fit entrer Lord Arthur dans un vestibule sordide, au rez-de-chaussée ; et au bout de quelques instants, Herr Winckelkopf, comme on l'appelait en Angleterre, entra d'un air affairé, une serviette largement tachée de vin autour du cou, et une fourchette dans la main gauche.

1. C'est le quartier, voisin de Charing Cross, où habitent la plupart des étrangers plus ou moins besogneux, notamment les Français ; on y trouve, en particulier, de nombreux restaurants modestes (et parfois excellents) tenus par des Français et des Italiens.

« Le comte Rouvaloff m'a donné un mot d'introduction pour vous, dit Lord Arthur, en s'inclinant, et je désire vivement un bref entretien avec vous, pour affaire. Je m'appelle Smith — Mr. Robert Smith —, et je voudrais que vous me fournissiez une pendule explosive.

— Charmé de faire votre connaissance, Lord Arthur, dit le petit Allemand plein d'animation. Ne prenez donc pas un air si alarmé : il est de mon devoir de connaître tout le monde, et je me souviens de vous avoir vu un soir chez Lady Windermere. J'espère que Milady va bien. Puis-je vous prier de vous asseoir auprès de moi pendant que je finis de déjeuner ? Il y a un excellent pâté, et mes amis sont assez aimables pour dire que mon vin du Rhin est meilleur que tous ceux qu'on peut leur servir à l'ambassade d'Allemagne. »

Et avant que Lord Arthur fût remis de sa surprise d'avoir été reconnu, il se trouva assis dans la salle du fond, dégustant le Marcobrünner le plus délicieux dans un verre à vin du Rhin jaune marqué du chiffre impérial, et bavardant le plus amicalement du monde avec le célèbre conspirateur.

« Les pendules explosives, dit Herr Winckelkopf, ne sont pas de très bons articles pour l'exportation, car, si même elles arrivent à passer la douane, le service des trains est tellement irrégulier[1] qu'elles se déclenchent en général avant d'être arrivées à destination. Toutefois, si vous en désirez une pour l'utiliser à l'intérieur du pays, je puis vous fournir un article

1. Il y a là une « rosserie » à l'égard des chemins de fer du sud de l'Angleterre (à cette époque : le London, Chatham and Dover Railway, et le London and South Eastern Railway — actuellement fusionnés avec d'autres compagnies, sous le nom de Southern Railway), dont les services laissaient beaucoup à désirer en ce qui concerne la vitesse et la régularité.

excellent, et vous garantir que vous serez satisfait du résultat. Puis-je vous demander à qui vous la destinez ? Si c'est pour la police, ou pour qui que ce soit qui touche à Scotland Yard, je regrette vivement, mais je ne puis rien pour votre service. Les détectives anglais sont en réalité nos meilleurs amis, et j'ai toujours constaté qu'en comptant sur leur stupidité, nous pouvons faire exactement ce qui nous plaît. Je ne saurais sacrifier aucun d'entre eux.

— Je vous assure, dit Lord Arthur, que cette affaire n'a absolument rien à voir avec la police. En fait, la pendule est destinée au doyen de Chichester.

— Mon Dieu ! Je n'imaginais pas que vous en vouliez à tel point à la religion, Lord Arthur. Il y a peu de jeunes gens, à notre époque, qui la prennent si fort à cœur.

— Je crains que vous ne me flattiez, Herr Winckelkopf, dit Lord Arthur, en rougissant. En réalité, je ne connais absolument rien à la théologie.

— C'est donc une affaire purement privée ?

— Purement privée. »

Herr Winckelkopf haussa les épaules, et sortit de la pièce, pour revenir au bout de quelques minutes avec un petit pâté de dynamite rond, à peu près de la taille d'une pièce de deux sous, et une jolie petite pendule française, surmontée d'une effigie en or moulu représentant la Liberté foulant aux pieds l'hydre du Despotisme.

Le visage de Lord Arthur s'illumina lorsqu'il l'aperçut.

« Voilà exactement ce qu'il me faut, s'écria-t-il, et maintenant, dites-moi comment elle se déclenche.

— Ah ! C'est là mon secret, répondit Herr Winckelkopf, contemplant son invention avec un air d'orgueil légitime ; dites-moi à quel moment vous désirez qu'elle fasse explosion, et je réglerai le mécanisme pour l'instant prescrit.

— Voyons, c'est aujourd'hui mardi... et si vous pouviez l'expédier tout de suite...

— C'est impossible ; j'ai beaucoup de travaux importants en cours, pour quelques-uns de mes amis à Moscou. Mais je pourrais l'expédier demain.

— Oh ! il sera encore grand temps, dit poliment Lord Arthur, si elle est livrée demain soir ou jeudi matin. Quant à l'instant de l'explosion, mettons : vendredi, à midi précis. Le doyen est toujours chez lui à cette heure-là.

— Vendredi, midi, répéta Herr Winckelkopf, et il en prit dûment note dans un gros registre qui était posé sur un bureau près de la cheminée.

— Et maintenant, dit Lord Arthur, se levant de sa chaise, veuillez me dire ce que je vous dois.

— C'est une affaire si minime, Lord Arthur, que je me contenterai de peu. La dynamite revient à sept shillings et six pence ; la pendule, à trois livres dix shillings, et le transport, environ cinq shillings[1]. Je ne suis que trop heureux d'obliger tout ami du comte Rouvaloff.

— Mais votre peine, Herr Winckelkopf ?

— Oh ! ce n'est rien ! C'est pour moi un plaisir. Je ne travaille pas pour l'argent ; je vis exclusivement pour mon art. »

Lord Arthur posa quatre livres, deux shillings et six pence sur la table, remercia le petit Allemand de son amabilité, et, ayant réussi à décliner une invitation à une rencontre avec quelques anarchistes au cours d'un thé-dîner le samedi suivant, il sortit de la maison et s'en alla au Parc.

1. Sept shillings et six pence : environ 9 francs-or. — Trois livres dix shillings : 87,50 francs-or. — Cinq shillings : 6,25 francs-or.

Il passa les deux journées qui suivirent dans un état de grande surexcitation, et, le vendredi à midi, il se fit conduire au Buckingham pour attendre les nouvelles. Pendant tout l'après-midi, l'imperturbable portier afficha continuellement des télégrammes en provenance de diverses régions du pays, télégrammes annonçant les résultats de courses de chevaux, les verdicts de procès en divorce, les conditions météorologiques et autres renseignements analogues, tandis que sur la bande télégraphique s'inscrivaient, au rythme du tapotement du style, des détails ennuyeux relatifs à une séance de nuit à la Chambre des communes, et à une petite panique au Stock Exchange.

A quatre heures, arrivèrent les journaux du soir, et Lord Arthur disparut dans la bibliothèque en emportant le *Pall Mall*, le *Saint-James's*, le *Globe*, et l'*Écho*[1], à la grande indignation du colonel Goodchild, qui désirait lire les comptes rendus d'un discours qu'il avait fait le matin même à la Mansion House, au sujet des Missions sud-africaines, et de l'avantage qu'on trouverait à ce qu'il y eût des évêques noirs dans chaque province — le colonel ayant, pour une raison ou une autre, un préjugé violent à l'encontre de l'*Evening News*[2]. Aucun des journaux, toutefois, ne contenait ne fût-ce que la moindre allusion à Chichester, et Lord Arthur eut l'impression que l'attentat avait échoué.

Ce fut pour lui un coup terrible, et pendant un certain temps il en fut tout ébranlé. Herr Winckelkopf, qu'il alla voir le lendemain, se confondit en excuses

1. Ces quatre journaux sont anciens et ont, en quelque sorte, leurs quartiers de noblesse, bien que la *Pall Mall Gazette* soit devenue radicale en 1880, et que le *Globe* soit un organe whig.

2. L'*Evening News* est de création plus récente (1881), et son prix fut abaissé, en 1894, à 1/2 penny (un sou), de sorte qu'il était considéré avec un certain mépris par les aristocrates.

compliquées, et s'offrit à lui fournir une autre pendule, gratis, ou une caisse de bombes à la nitroglycérine, au prix coûtant. Mais Lord Arthur avait perdu toute confiance dans les explosifs, et Herr Winckelkopf lui-même reconnut que tout est tellement frelaté, à notre époque, que la dynamite même ne peut être obtenue à l'état pur. Toutefois, le petit Allemand, tout en admettant que quelque chose avait dû aller de travers dans le mécanisme, gardait espoir que la pendule pût encore se déclencher, et cita en exemple le cas d'un baromètre qu'il avait un jour envoyé au gouverneur militaire d'Odessa, et qui, bien qu'étant réglé pour faire explosion au bout de dix jours, ne l'avait fait qu'au bout de trois mois environ. Il est vrai que lorsqu'il avait explosé, il avait simplement réussi à réduire une domestique en charpie, le gouverneur ayant quitté la ville six semaines auparavant, mais cela prouvait du moins que la dynamite, en tant que force destructrice, était, lorsqu'elle était commandée par un mécanisme, un agent puissant, quoique manquant un peu de ponctualité.

Lord Arthur fut un peu consolé par cette réflexion, mais là encore, il était destiné à éprouver une déception, car deux jours plus tard, comme il montait l'escalier, la duchesse l'appela auprès d'elle dans son boudoir, et lui montra une lettre qu'elle venait de recevoir du doyenné.

« Jane écrit des lettres charmantes, dit la duchesse ; il faut vraiment que vous lisiez la dernière. Elle vaut largement les romans que nous envoie Mudie[1]. »

1. Mudie est le fondateur d'une organisation de bibliothèques de prêt à domicile, fort répandues en Angleterre. Bien entendu, il y a ici un « coup de patte » à la production romanesque de l'Angleterre vers 1890.

Lord Arthur saisit la lettre qu'elle tenait à la main. Elle était rédigée comme suit :

Le Doyenné, Chichester, le 27 mai.

Ma bien chère tante,

Je vous remercie vivement pour la flanelle destinée à la Dorcas Society[1]*, ainsi que pour le guingan. Je partage entièrement votre avis, et trouve qu'il est absurde de leur part de vouloir porter de jolies choses, mais tout le monde est tellement révolutionnaire et irréligieux, à notre époque, qu'il est difficile de leur faire comprendre qu'ils ont tort d'essayer de s'habiller comme les classes supérieures. Je ne sais véritablement pas où cela nous mènera ! Comme papa l'a souvent dit dans ses sermons, nous vivons une époque athée.*

Nous nous sommes bien amusés d'une pendule qu'un admirateur inconnu a envoyée à papa jeudi dernier. Elle est arrivée de Londres dans une boîte en bois, port payé ; et papa a le sentiment qu'elle a dû être envoyée par quelqu'un qui avait lu son admirable sermon : "La Licence est-elle la Liberté ?", car la pendule était surmontée de l'effigie d'une femme, coiffée de ce que papa a appelé le bonnet de la Liberté. Personnellement, la coiffure ne m'a pas paru très seyante, mais papa a dit qu'elle était historique, de sorte que je suppose qu'elle est très bien.

Parker l'a déballée, et papa l'a posée sur la cheminée, dans la bibliothèque ; c'est là que nous nous tenions tous, vendredi matin, lorsque, au moment précis où la pendule a sonné midi, nous avons entendu le bruit d'un

1. Association de dames patronnesses ayant pour but de fournir des vêtements aux indigents. Le nom provient de Dorcas, femme citée dans les Actes des Apôtres (IX, 36).

bourdonnement, un petit nuage de fumée s'est échappé du piédestal, la déesse de la Liberté s'est détachée, et s'est cassé le nez en tombant sur le garde-feu ! Maria était vraiment alarmée, mais tout cela avait l'air si ridicule, que James et moi nous avons été pris de fou rire, et que papa lui-même s'en est amusé. Quand nous avons examiné le cadeau, nous avons constaté que c'était une espèce de pendule à sonnerie, et que, si on la règle pour une heure déterminée, en disposant un peu de poudre avec une amorce sous un petit marteau, elle fait explosion chaque fois qu'on le désire. Papa a dit qu'elle ne devait pas rester dans la bibliothèque, car elle fait du bruit ; aussi Reggie l'a-t-il emportée dans la salle d'étude, et il ne s'occupe plus d'autre chose que de produire de petites explosions tout au long de la journée. Croyez-vous qu'Arthur aimerait à en avoir une comme cadeau de mariage ? Je suppose qu'elles sont fort à la mode à Londres. Papa a dit qu'elles feront sans doute beaucoup de bien, car elles font voir que la Liberté ne peut durer, mais qu'il faut qu'elle s'écroule. Papa dit que la Liberté a été inventée à l'époque de la Révolution française. Comme cela semble épouvantable !

Il faut maintenant que je m'en aille à la Dorcas, où je leur lirai votre lettre, si instructive. Comme votre idée est juste, ma chère tante : avec le rang qu'ils occupent dans la vie, ils doivent porter des choses peu seyantes. J'avoue que c'est absurde, ce souci qu'ils ont de s'habiller, alors qu'il y a tant de choses plus importantes dans ce monde, et dans l'autre. Je suis bien contente que votre robe en popeline à fleurs ait eu tant de succès, et que votre dentelle n'ait pas été déchirée. Je mettrai, pour aller mercredi chez l'évêque, la robe de satin jaune que vous avez eu la gentillesse de me donner, et je crois qu'elle fera son petit effet. Y mettriez-vous des nœuds de ruban, ou non ? Jennings me dit que tout le monde porte des nœuds de ruban, à présent, et qu'il faut que le jupon soit tuyauté.

Reggie vient de provoquer une nouvelle explosion, et papa a décrété qu'il fallait reléguer la pendule à l'écurie. Je crois qu'elle ne plaît plus à papa autant qu'au début, bien qu'il soit flatté de ce qu'on lui ait envoyé un jouet aussi joli et aussi ingénieux. Cela prouve qu'on lit ses sermons, et qu'on en fait son profit.

Papa vous envoie son bon souvenir, auquel s'associent aussi James, Reggie et Maria ; et, espérant que la goutte de l'oncle Cecil va mieux, je vous prie de me croire, ma chère tante,

Votre nièce toujours bien affectueuse,
JANE PERCY.

P.S. — *Répondez-moi, je vous en prie, au sujet des nœuds de ruban. Jennings insiste sur le fait qu'ils sont à la mode.*

Lord Arthur prit un air tellement sérieux et malheureux à la lecture de cette lettre, que la duchesse éclata de rire à plusieurs reprises.

« Mon cher Arthur, s'écria-t-elle, je ne vous montrerai plus jamais de lettre d'une jeune fille ! Mais que faut-il que je lui dise, au sujet de la pendule ? Cela m'a l'air d'être une invention excellente, et, pour ma part, j'aimerais bien en avoir une.

— Je n'en pense pas grand bien », dit Lord Arthur, avec un sourire triste ; et, après avoir embrassé sa mère, il sortit de la pièce.

Quand il fut monté chez lui, il se jeta sur un canapé, et ses yeux s'emplirent de larmes. Il avait fait de son mieux pour commettre cet assassinat, mais dans l'un et l'autre cas il avait échoué, et sans qu'il y eût faute de sa part. Il s'était efforcé de faire son devoir, mais il semblait que le Destin lui-même l'eût trahi. Il fut oppressé du sentiment de la stérilité des bonnes intentions, de la futilité qu'il y a à essayer d'être vertueux. Peut-être valait-il mieux rompre complètement le mariage. Sybil en souffrirait, il est vrai, mais la souffrance ne saurait véritablement ternir une nature aussi noble que la sienne. Quant à lui, qu'importait, désormais ? Il y a toujours quelque guerre dans laquelle un homme peut mourir, quelque cause à laquelle il peut sacrifier sa vie, et, puisque la vie n'avait plus de charme pour lui, la mort ne recélait plus aucune terreur. Que le Destin tissât son sort ! Il ne bougerait point pour l'y aider.

A sept heures et demie il s'habilla, et se rendit au club. Surbiton s'y trouvait avec un groupe de jeunes gens, et il fut obligé de dîner avec eux. Leur conversation triviale et leurs plaisanteries vaines ne l'intéressaient pas, et aussitôt le café servi, il les quitta, prétextant quelque rendez-vous imaginaire pour s'échapper. Au moment où il sortait du club, le portier du vestibule lui tendit une lettre. Elle était de Herr Winckelkopf, le priant de venir le voir le lendemain soir, pour examiner un parapluie explosif, qui éclatait dès qu'on l'ouvrait. C'était la toute dernière invention, qui arrivait à l'instant de Genève. Il déchira la lettre en menus morceaux. Il avait résolu de ne plus tenter d'expériences. Il erra alors à l'aventure, descendant jusqu'au Thames Embankment[1], et resta assis plusieurs heures au bord du fleuve. La lune lançait des regards furtifs à travers une crinière de nuages fauves, comme l'œil d'un lion, et des étoiles innombrables ponctuaient la voûte concave, pareilles à de la poudre d'or éparpillée sur un dôme pourpré. De temps à autre un chaland s'élançait dans le flot trouble, et s'éloignait, emporté par la marée ; et les feux de la voie ferrée

1. C'est un quai-promenade, sur la rive nord de la Tamise, proche de Charing Cross.

passaient du vert au rouge à mesure que les trains franchissaient le pont en hurlant. Au bout d'un certain temps, minuit sonna à la haute tour de Westminster, et à chaque coup de la cloche sonore, la nuit parut trembler. Puis les feux s'éteignirent, ne laissant luire qu'une lanterne solitaire, semblable à un énorme rubis sur un mât géant, et le mugissement de la ville s'affaiblit.

A deux heures, il se leva, et déambula vers Blackfriars. Comme tout paraissait irréel ! Comme tout ressemblait à un rêve étrange ! Les maisons de l'autre côté du fleuve semblaient se dresser hors de l'obscurité. On eût dit que l'argent et l'ombre avaient façonné le monde à neuf. L'énorme dôme de Saint-Paul était suspendu comme une bulle dans l'air obscur.

En arrivant près de l'Aiguille de Cléopâtre[1], il vit un homme penché au-dessus du parapet, et comme il se rapprochait, l'homme leva les yeux, et la lumière d'un réverbère lui tomba sur le visage.

C'était Mr. Podgers, le chiromancien ! Nul ne pouvait se méprendre sur le visage bouffi et flasque, les lunettes à monture d'or, le sourire doucereux et languissant, la bouche sensuelle.

Lord Arthur s'arrêta. Une idée lumineuse lui traversa l'esprit comme un éclair, et il le rejoignit doucement par-derrière. En un instant il eut saisi Mr. Podgers par les jambes et l'eut précipité dans la Tamise. Il y eut un juron grossier, un « plouf » pesant, et tout rentra dans le silence. Lord Arthur jeta un regard inquiet par-dessus le parapet, mais ne vit nulle trace du chiromancien, à l'exception d'un chapeau haut de forme pirouettant dans un tourbillon d'eau éclairé par la lune. Au bout d'un certain temps, il

1. C'est le nom donné à un obélisque égyptien, érigé en bordure de la Tamise, sur le Thames Embankment.

s'enfonça, lui aussi, et aucune trace de Mr. Podgers ne resta visible. A un moment, il lui sembla apercevoir la silhouette massive et informe s'efforcer d'atteindre l'escalier près du pont, et un affreux sentiment d'échec s'empara de lui ; mais la sihouette se révéla être un simple reflet, et lorsque la lune reparut, sortant de derrière un nuage, elle s'évanouit. Enfin, il paraissait avoir réalisé le décret du destin. Il poussa un profond soupir de soulagement, et le nom de Sybil lui monta aux lèvres.

« Avez-vous laissé tomber quelque chose, monsieur ? » dit soudain une voix derrière lui.

Il se retourna et aperçut un agent de police, portant une lanterne sourde.

« Rien d'important, sergent[1] », répondit-il en souriant ; et, hélant un hansom qui passait, il y sauta et dit au cocher de le conduire à Belgrave Square.

Au cours des jours qui suivirent, il oscilla entre l'espoir et la crainte. Il y eut des moments où il s'attendait presque à voir Mr. Podgers entrer dans la pièce, et pourtant, à d'autres instants, il avait l'impression que le Destin ne pouvait pas être injuste à ce point envers lui. Deux fois, il se rendit chez le chiromancien, dans West Moon Street, mais il ne put se résoudre à appuyer sur le bouton de la sonnette. Il désirait ardemment la certitude, et il en avait peur.

Elle arriva enfin. Il se trouvait dans le fumoir du club, où il prenait le thé, tout en écoutant avec quelque lassitude le compte rendu que lui faisait Surbiton de la dernière chanson comique du *Gaiety*[2], lorsque le

1. Pour se concilier les bonnes grâces d'un agent de police, on le gratifie du titre de « sergent », de même qu'en France, on appelle volontiers « brigadier » un simple gendarme.

2. Théâtre où l'on jouait des opérettes, en particulier celles de Gilbert et Sullivan.

garçon entra, apportant les journaux du soir. Il prit le *Saint-James's*, et le feuilletait distraitement lorsque ce titre étrange attira son regard :

SUICIDE D'UN CHIROMANCIEN

Il pâlit d'émotion, et se mit à lire. L'entrefilet était rédigé en ces termes :

Hier matin, à sept heures, le cadavre de Mr. Septimus R. Podgers, l'éminent chiromancien, a été ramené sur le rivage par le courant, à Greenwich, juste en face du Ship Hotel. *On était sans nouvelles du pauvre gentleman depuis quelques jours, et dans le monde de la chiromancie on s'inquiétait sérieusement de sa disparition. On suppose qu'il s'est suicidé sous l'influence d'un dérangement mental temporaire, causé par le surmenage, et un verdict en ce sens a été rendu cet après-midi par le jury du coroner*[1]. *Mr. Podgers venait de mettre la dernière main à un traité sur* La Main humaine, *qui doit être publié sous peu, et fera sans doute grand bruit. Le défunt était âgé de soixante-cinq ans, et ne semble pas avoir laissé de famille.*

Lord Arthur se précipita hors du club, tenant toujours à la main le journal, à la stupéfaction complète du portier du vestibule, qui essaya en vain de l'arrêter, et se fit conduire immédiatement à Park Lane. Sybil l'aperçut par la fenêtre et quelque chose lui fit pressentir qu'il était porteur d'une bonne nouvelle. Elle descendit en courant au-devant de lui, et lorsqu'elle vit son visage, elle sut que tout allait bien.

1. Lors d'un décès par accident, ou d'une mort violente, une enquête est effectuée par un magistrat local investi de pouvoirs à cet effet (coroner), qui préside un jury de douze citoyens appelé à se prononcer sur les causes du décès.

« Ma chère Sybil, s'écria Lord Arthur, marions-nous dès demain !

— Quel fou vous êtes ! Voyons, le gâteau[1] n'est même pas encore commandé ! » dit Sybil, riant à travers ses larmes.

1. En Angleterre, le gâteau de mariage est un accessoire important de la cérémonie : c'est une pièce montée à l'architecture compliquée, et couverte d'une couche de sucre blanc et décoré.

6

Quand le mariage eut lieu, quelque trois semaines plus tard, l'église de Saint-Peter fut remplie d'une véritable foule de gens plus huppés les uns que les autres. Le service fut célébré de la façon la plus impressionnante par le doyen de Chichester, et tout le monde fut d'accord pour dire qu'on n'avait jamais vu un plus beau couple que celui-là. Mais ils étaient mieux encore que beaux — ils étaient heureux. Jamais un seul instant Lord Arthur ne regretta tout ce qu'il avait souffert pour l'amour de Sybil, et elle, de son côté, lui fit don de ce qu'une femme peut donner de mieux à un homme, quel qu'il soit : l'adoration, la tendresse et l'amour. Pour eux, l'idylle ne fut point tuée par la dure réalité. Ils continuèrent à se sentir jeunes au fil des ans.

Quelques années plus tard, alors qu'ils avaient deux beaux enfants, Lady Windermere descendit chez eux à Alton Priory, vieille demeure délicieuse qui avait été le cadeau de mariage du duc à son fils ; et un après-midi, alors qu'elle était assise auprès de Lady Arthur sous un limettier (ou citronnier) du jardin, regardant le petit garçon et la petite fille qui jouaient le long de l'allée de rosiers, pareils à des rayons de soleil capricieux, elle prit tout à coup la main de son hôtesse dans la sienne, et dit :

« Êtes-vous heureuse, Sybil ?

— Chère Lady Windermere, bien entendu, je suis heureuse. Ne l'êtes-vous donc pas ?

— Je n'ai pas le temps d'être heureuse, Sybil. Je me sens toujours portée vers la dernière personne qu'on m'a présentée ; mais, en général, dès que je connais les gens, je m'en lasse.

— Vos lions ne vous satisfont donc pas, Lady Windermere ?

— Ma foi, non ! Les lions ne valent que pour une saison. Dès que leur crinière est coupée, ils demeurent les êtres les plus ternes qui soient. D'ailleurs, ils se conduisent fort mal, si l'on se montre vraiment gentil envers eux. Vous vous souvenez de cet affreux Mr. Podgers ? C'était un abominable imposteur. Bien entendu, cela, je ne m'en souciais nullement, et même quand il a cherché à m'emprunter de l'argent, je lui ai pardonné ; mais je n'ai pas pu admettre qu'il me fît des déclarations d'amour. Il m'a bel et bien fait prendre en horreur la chiromancie. Je m'occupe à présent de télépathie. C'est beaucoup plus amusant.

— Il ne faut pas dire du mal de la chiromancie dans cette maison, Lady Windermere ; c'est le seul sujet sur lequel Arthur n'aime pas qu'on plaisante. Je vous assure qu'il la prend on ne peut plus au sérieux.

— Vous n'allez pas me dire qu'il y croit, Sybil ?

— Demandez-le-lui, Lady Windermere, le voici. »

Justement, Lord Arthur arrivait du jardin, portant à la main un gros bouquet de roses rouges, accompagné de ses enfants qui gambadaient autour de lui.

« Lord Arthur ?

— Oui, Lady Windermere.

— Vous n'allez pas me dire que vous croyez à la chiromancie ?

— Bien sûr que si, j'y crois, dit le jeune homme, en souriant.

— Mais pourquoi ?

— Parce que je lui dois tout le bonheur de ma vie, murmura-t-il, en se jetant dans un fauteuil d'osier.

— Mon cher Lord Arthur, qu'est-ce donc que vous lui devez ?

— Sybil, répondit-il, tendant les roses à sa femme, et plongeant son regard dans ses yeux violets.

— Que ne faut-il pas entendre ! s'écria Lady Windermere. Il ne m'a, de ma vie, été affirmé pareille bêtise. »

Le Millionnaire modèle

Note admirative

A moins d'être riche, il est absolument inutile d'être un garçon charmant. Le romanesque est le privilège des nantis, et non la profession des chômeurs. Les pauvres doivent être pratiques et prosaïques. Il vaut mieux avoir un revenu assuré qu'être séduisant. Ce sont là les grandes vérités de la vie moderne, dont Hughie Erskine n'avait jamais pris conscience. Pauvre Hughie ! Intellectuellement, avouons-le, il ne pesait pas lourd. Il n'avait jamais dit le moindre bon mot, ni même la moindre méchanceté. Mais pour être beau, il l'était, avec ses cheveux bruns frisés, son profil bien dessiné, et ses yeux gris. Il était aussi apprécié des hommes que des femmes, et il avait tous les talents, hormis celui de gagner de l'argent. Son père lui avait légué son sabre de cavalerie et une *Histoire de la Guerre péninsulaire*[1] en quinze volumes. Hughie avait accroché celui-là au-dessus de son miroir, placé celle-ci sur un rayon, entre le *Guide Ruff*[2] et le *Bailey's Magazine*, et vivait de la pension annuelle de deux cents livres[3] que lui allouait une vieille tante. Il s'était essayé à tout. Il avait boursicoté, l'espace de six mois ;

1. Les Anglais désignent ainsi la guerre d'Espagne, contre Napoléon Ier.
2. C'est un guide des courses hippiques.
3. 5 000 francs-or.

mais que pouvait faire un papillon perdu parmi des requins[1] ? Il avait été négociant en thés, pendant un peu plus longtemps, mais s'était vite fatigué du *pekoe* et du *souchong*. Puis il avait tâté de la vente de xérès sec. Cela n'avait pas marché ; le xérès était tellement sec qu'il en devenait aride. En fin de compte, Hughie était devenu un zéro, un jeune homme charmant et bon à rien, avec un profil parfait et pas de profession.

Pour compliquer les choses, il était amoureux. La jeune fille qu'il aimait était Laura Merton, la fille d'un colonel en retraite qui avait rapporté des Indes un caractère irascible et une dyspepsie, et qui n'arrivait à se débarrasser ni de l'un ni de l'autre. Laura adorait Hughie, et il était, quant à lui, tout prêt à baiser les cordons de ses souliers. Ils formaient le plus beau couple de Londres, et n'avaient pas, à eux deux, un sou vaillant. Le colonel aimait beaucoup Hughie, mais ne voulait pas entendre parler de fiançailles.

« Venez me trouver, mon garçon, quand vous aurez dix mille livres[2] à vous, et nous verrons cela », disait-il ; et dans ces moments-là, Hughie se renfrognait et devait chercher consolation auprès de Laura.

Un matin, alors qu'il se dirigeait vers Holland Park, où habitaient les Merton, il entra en passant voir un de ses grands amis, Alan Trevor. Trevor était peintre. Bien sûr, c'est très porté de nos jours. Mais lui, en plus, était vraiment artiste, et c'est beaucoup moins courant.

C'était un garçon étrange et rude, au visage parsemé de taches de rousseur et encadré d'une barbe rousse en broussaille. Mais dès qu'il saisissait un pinceau, il

1. En anglais, mot à mot *parmi des taureaux et des ours*, noms dont on désigne les spéculateurs respectivement haussiers et baissiers.

2. 250 000 francs-or.

se révélait un maître authentique, et ses tableaux étaient fort recherchés. Il s'était senti vivement attiré vers Hughie, d'abord, il faut le reconnaître, en raison de son charme particulier. « Les seules personnes que devrait fréquenter un peintre, disait-il, ce sont les gens qui sont bêtes et beaux, des gens dont la contemplation procure un plaisir esthétique et la conversation un repos intellectuel. Les dandies et les coquettes mènent le monde, ou du moins ils le devraient. » Néanmoins, lorsqu'il en fut à mieux connaître Hughie, il l'apprécia tout autant pour sa gaieté et son enjouement, et pour sa nature généreuse et hardie, et il lui ouvrit sans restriction les portes de son atelier.

En entrant, Hughie trouva Trevor occupé à mettre la dernière main à un extraordinaire portrait de mendiant grandeur nature. Le mendiant lui-même était debout sur une estrade, dans un coin de l'atelier. C'était un vieillard ratatiné, avec un visage pareil à un parchemin ridé, et une expression absolument pitoyable. Sur ses épaules était jeté un manteau brun grossier, tout déguenillé ; ses lourds brodequins étaient rafistolés et mal réparés ; d'une main il s'appuyait sur un vulgaire bâton, tandis que, de l'autre, il tendait son chapeau bossué pour demander l'aumône.

« Quel modèle étonnant ! murmura Hughie, en serrant la main à son ami.

— Un modèle étonnant ? cria Trevor à pleine voix, tu parles ! Des mendiants comme lui, on n'en rencontre pas tous les jours. *Une trouvaille, mon cher*[1] ; un Vélasquez vivant ! Tudieu ! Quelle eau-forte Rembrandt en aurait fait !

— Pauvre vieux ! dit Hughie ; comme il a l'air misérable ! Mais je suppose que, pour vous autres peintres, son visage constitue sa fortune ?

1. En français dans le texte.

— Évidemment, répondit Trevor, tu ne voudrais tout de même pas qu'un mendiant ait l'air heureux, voyons !

— Combien touche un modèle pour la pose ? demanda Hughie, tout en s'installant confortablement sur un divan.

— Un shilling l'heure.

— Et combien touches-tu pour ton tableau, Alan ?

— Oh, pour celui-ci, je recevrai deux mille !

— Livres ?

— Guinées. Les peintres, les poètes, et les médecins sont toujours payés en guinées.

— Eh bien, je trouve que les modèles devraient toucher un pourcentage, s'écria Hughie, en riant ; ils travaillent bien aussi dur que vous.

— Bêtises, bêtises ! Enfin, songe donc au mal qu'il faut se donner, rien que pour appliquer la peinture sur la toile — et puis on reste debout toute la journée devant son chevalet ! Tu en parles à ton aise, Hughie, mais je t'assure qu'il y a des moments où l'art atteint à la dignité d'un travail manuel. Mais ne bavarde pas ; je suis très occupé. Fume une cigarette, et tiens-toi tranquille. »

Au bout de quelque temps la servante entra, et dit à Trevor que l'encadreur désirait lui parler.

« Ne te sauve pas, Hughie, dit-il en sortant, je reviens tout de suite. »

Le vieux mendiant profita de l'absence de Trevor pour se reposer un moment sur un banc de bois qui se trouvait derrière lui. Il avait l'air si triste et si misérable que Hughie ne put s'empêcher de le plaindre, et tâta ses poches pour voir ce qu'il avait d'argent sur lui. Tout ce qu'il put trouver, ce fut un souverain et quelques sous. « Pauvre vieux, songea-t-il, il en a plus besoin que moi, mais cela signifie que je ne prendrai pas de hansom pendant quinze jours » ; il traversa l'atelier, et glissa la pièce d'or dans la main du mendiant.

Le vieillard sursauta, et un léger sourire passa sur ses lèvres flétries. « Merci, monsieur, dit-il, merci bien. »

Puis Trevor revint, et Hughie prit congé de lui, en rougissant un peu de ce qu'il avait fait. Il passa la journée avec Laura, se fit gronder d'une façon charmante pour sa prodigalité, et fut obligé de rentrer chez lui à pied.

Ce soir-là, il entra au Palette Club vers onze heures, et trouva Trevor assis tout seul au fumoir, en train de boire du vin blanc à l'eau de Seltz.

« Eh bien, Alan, as-tu réussi à terminer ton tableau ? dit-il, en allumant sa cigarette.

— Il est terminé et encadré, mon vieux ! répondit Trevor ; et à propos, tu as fait une conquête. Ce vieux modèle que tu as vu s'est pris d'affection pour toi. J'ai été obligé de lui parler de toi en détail, de lui dire qui tu es, où tu habites, quel est ton revenu, quels sont tes projets.

— Mon cher Alan, s'écria Hughie, je vais le trouver probablement en train de m'attendre, quand je rentrerai. Mais non, bien sûr, tu plaisantes, tout simplement. Pauvre diable ! Je voudrais pouvoir faire quelque chose pour lui. Je trouve épouvantable que quelqu'un soit aussi misérable. J'ai des tas de vieux vêtements chez moi, crois-tu qu'il en voudrait quelques-uns ? Vrai, ses haillons tombaient en loques !

— Mais ils lui donnent un air épatant, dit Trevor. Je ne voudrais pour rien au monde le peindre en redingote. Ce que tu appelles des haillons, moi j'appelle ça du romanesque. Ce qui te semble pauvreté, c'est, pour moi, le pittoresque. Néanmoins, je lui ferai part de ton offre.

— Alan, dit Hughie d'un ton sérieux, vous autres peintres, vous n'avez pas de cœur.

— Le cœur d'un artiste, c'est sa tête, répondit Trevor ; et d'ailleurs, notre rôle, c'est de représenter le monde tel que nous le voyons, et non de le réformer tel que nous le voudrions. *A chacun son métier*[1]. Et maintenant, dis-moi comment va Laura. Le vieux modèle s'est vivement intéressé à elle.

— Tu ne vas pas me dire que tu lui as parlé d'elle ? dit Hughie.

— Mais bien sûr que si. Il connaît toute l'histoire de l'implacable colonel, de la ravissante Laura, et des dix mille livres.

— Tu as raconté toutes mes histoires personnelles à ce vieux mendigot ? s'écria Hughie, rouge de colère.

— Mon cher, dit Trevor en souriant, ce vieux mendigot, comme tu l'appelles, est l'un des hommes les plus riches d'Europe. Il pourrait acheter tout Londres demain sans épuiser son compte en banque. Il possède une maison dans toutes les capitales, dîne dans de la vaisselle d'or, et peut empêcher quand il lui plaît la Russie d'entrer en guerre.

— Que diable veux-tu dire ? s'écria Hughie.

— Ce que je dis, dit Trevor. Le vieillard que tu as vu aujourd'hui dans l'atelier, c'était le baron Hausberg. C'est un de mes grands amis, il m'achète tous mes tableaux, et tout ce qui s'ensuit, et il m'a passé commande, il y a un mois, d'un portrait de lui mendiant. *Que voulez-vous ? La fantaisie d'un millionnaire*[2]... Et je dois avouer qu'il avait fière allure, avec ses haillons — ou peut-être devrais-je dire avec *mes* haillons : c'est un vieux costume que j'ai trouvé en Espagne.

1. En français dans le texte.
2. *Idem.*

— Le baron Hausberg ! s'écria Hughie. Tonnerre ! Je lui ai donné une livre ! » Et il s'affala dans un fauteuil, vivant portrait de la consternation.

« Tu lui as donné une livre ! cria Trevor, et il éclata d'un rire énorme. Mon cher, tu ne la reverras jamais. *Son affaire, c'est l'argent des autres.*

— Vraiment, tu aurais pu me prévenir, Alan, dit Hughie d'un ton boudeur, et m'empêcher de me ridiculiser de la sorte.

— Ma foi, d'abord, Hughie, dit Trevor, il ne m'est jamais venu à l'idée que tu faisais de telles largesses, et avec tant d'insouciance. Je comprends que tu embrasses un joli modèle, mais que tu ailles donner une livre à un type aussi laid, sûrement pas ! D'ailleurs, à dire vrai, je n'étais chez moi pour personne aujourd'hui, et quand tu es entré, je ne savais pas s'il plairait à Hausberg que je révèle son nom. Il n'était pas en grande tenue, n'est-ce pas...

— Il doit me prendre pour une mazette !

— Pas du tout. Il était d'une gaieté folle après ton départ ; il gloussait continuellement et frottait ses vieilles mains ridées l'une contre l'autre. Je ne voyais pas pourquoi il s'intéressait tellement à toi et tenait tant à être renseigné sur ton compte, mais à présent je comprends très bien. Il va faire un placement pour toi avec la livre que tu lui as donnée, il t'en paiera les intérêts tous les six mois, et il aura une excellente histoire à servir après le dîner.

— Je suis un pauvre diable malchanceux, grommela Hughie. Ce que j'ai de mieux à faire, c'est d'aller me coucher ; et, mon cher Alan, il ne faut raconter ça à personne. Je n'oserais plus me montrer dans Rotten Row[1].

1. C'est la grande allée cavalière de Hyde Park — comparable à l'allée des Acacias, au Bois de Boulogne.

— Jamais de la vie ! Cette histoire est tout à l'honneur de ton esprit philanthropique, Hughie. Et ne te sauve pas. Prends encore une cigarette, et tu peux parler de Laura tout ton soûl. »

Mais Hughie ne voulut pas rester, et rentra chez lui à pied, se sentant fort malheureux, et laissant Alan Trevor en proie à un véritable fou rire.

Le lendemain matin, tandis qu'il prenait son petit déjeuner, la bonne lui apporta une carte, sur laquelle étaient écrits ces mots : « Monsieur Gustave Naudin, de la part de M. le Baron Hausberg. » « Il vient sans doute me demander des excuses », se dit Hughie ; et il dit à la servante de faire monter le visiteur.

Un vieux monsieur, aux lunettes d'or et aux cheveux gris, entra dans la pièce, et dit, avec un léger accent français :

« C'est à monsieur Erskine que j'ai l'honneur de parler ? »

Hughie s'inclina.

« Je viens de la part du baron Hausberg, reprit-il. Le baron...

— Je vous prie, monsieur, de bien vouloir lui présenter mes excuses les plus sincères, bégaya Hughie.

— Le baron, dit le vieillard avec un sourire, m'a chargé de vous remettre cette lettre. » Et il lui tendit une enveloppe cachetée.

Elle portait à l'extérieur ces mots : « Cadeau de noces à Hughie Erskine et à Laura Merton, de la part d'un vieux mendiant » ; et, à l'intérieur, il y avait un chèque de dix mille livres.

Au mariage, Alan Trevor fut garçon d'honneur, et le baron fit un discours au repas de noces.

« Les modèles millionnaires, fit observer Alan, sont passablement rares ; mais grand Dieu, les millionnaires modèles le sont encore davantage ! »

Le Sphinx sans secret

Eau-forte

J'étais assis, un après-midi, à la terrasse du Café de la Paix, contemplant la splendeur et la misère de la vie parisienne, et m'émerveillant, tout en buvant lentement mon vermouth, du panorama étrange d'orgueil et de pauvreté qui défilait devant mes yeux, lorsque j'entendis quelqu'un qui m'appelait par mon nom. Je me retournai, et j'aperçus Lord Murchison. Nous ne nous étions pas revus depuis que nous avions fréquenté ensemble l'université, où nous faisions partie du même collège, il y avait près de dix ans, de sorte que je fus ravi de le retrouver, et nous échangeâmes une poignée de main chaleureuse. A Oxford, nous avions été très liés. Il m'avait beaucoup plu — il était si beau garçon, si imbu de noblesse dans les idées, si plein d'honneur. Nous disions de lui qu'il serait le meilleur garçon qui fût, s'il ne disait pas toujours la vérité, mais je crois qu'au fond nous l'admirions tous davantage pour sa franchise. Je le trouvai bien changé. Il avait l'air inquiet et intrigué, et semblait éprouver des doutes au sujet de quelque chose. Je sentais bien que ce ne pouvait être le scepticisme moderne, car Murchison était le plus convaincu des Tories, et croyait au Pentateuque aussi fermement qu'il croyait à la Chambre des lords. J'en conclus donc qu'il s'agissait d'une femme, et lui demandai s'il était marié, à présent.

« Je ne comprends pas suffisamment bien les femmes, répondit-il.

— Mon cher Gerald, dis-je, les femmes sont faites pour être aimées, et non pour être comprises.

— Je ne puis aimer, là où je ne puis avoir confiance, répondit-il.

— Je crois que tu as un mystère dans ta vie, Gerald, m'écriai-je. Raconte-moi cela.

— Faisons un tour en voiture, répondit-il, il y a trop de monde ici. Non, pas une voiture jaune, n'importe quelle autre couleur : tiens, celle-là, vert foncé, fera l'affaire. » Et quelques instants après, nous descendions les boulevards au trot dans la direction de la Madeleine.

« Où allons-nous ? dis-je.

— Oh ! n'importe où, où tu voudras ! répondit-il — au Restaurant du Bois ; nous y dînerons, et tu me parleras de toi, tout au long.

— Je veux d'abord que tu me parles de toi, dis-je. Raconte-moi ton mystère. »

Il tira de sa poche un petit étui de maroquin à fermeture d'argent, et me le tendit. Je l'ouvris. A l'intérieur, il y avait la photographie d'une femme. Elle était grande et grêle, et étrangement pittoresque avec ses grands yeux vagues et ses cheveux défaits. Elle ressemblait à une voyante, et était enveloppée de riches fourrures.

« Que penses-tu de ce visage ? dit-il. Est-il véridique ? »

Je l'examinai avec soin. Il me parut être le visage de quelqu'un qui aurait un secret, mais que ce secret fût bon ou mauvais, là-dessus il m'était impossible de me prononcer. Sa beauté était une beauté façonnée de mystères nombreux — la beauté, en somme, qui est psychologique, et non plastique — et le léger sourire qui ne faisait qu'effleurer les lèvres était bien trop subtil pour être véritablement doux.

« Eh bien ! s'écria-t-il avec impatience, qu'en dis-tu ?

— C'est la Joconde en fourrure, répondis-je. Raconte-moi toute ton histoire.

— Pas maintenant, dit-il, après le dîner. » Et il se mit à parler d'autres choses.

Lorsque le garçon nous apporta le café et les cigarettes, je rappelai à Gerald sa promesse. Il se leva de sa chaise, arpenta deux ou trois fois la pièce de long en large, et, s'enfonçant dans un fauteuil, me conta l'histoire que voici :

« Un soir, dit-il, je descendais à pied Bond Street, vers cinq heures. Il y avait un terrible embarras de voitures, et la circulation était presque arrêtée. Près du trottoir stationnait un petit coupé jaune qui, pour une raison ou pour une autre, attira mon attention. Au moment où je passais à sa hauteur, il y avait à la portière, regardant au-dehors, le visage que je t'ai montré cet après-midi. Il me fascina immédiatement. Toute la nuit j'y pensai continuellement, ainsi que toute la journée du lendemain. J'errai de long en large dans ce satané Row[1], lançant des regards à toutes les voitures et attendant le coupé jaune ; mais je ne pus trouver ma belle inconnue, et en fin de compte je commençai à croire qu'elle était un simple rêve. Environ une semaine plus tard, je dînai chez Mme de Rastail. Le dîner était prévu pour huit heures, mais à huit heures et demie nous attendions encore au salon. Finalement, le domestique ouvrit la porte et annonça Lady Alroy. C'était la femme que j'avais cherchée. Elle entra très lentement, semblable à un rayon de

1. C'est la grande allée cavalière de Hyde Park — comparable, par exemple, à l'allée des Acacias, au bois de Boulogne.

lune en dentelle grise, et, à mon ravissement intense, ce fut moi qu'on pria de lui offrir le bras pour la conduire à table. Après que nous nous fûmes assis, je dis, fort innocemment : "Je crois vous avoir aperçue dans Bond Street, il y a quelque temps, Lady Alroy." Elle devint toute pâle, et me dit à voix basse : "Je vous en prie, ne parlez pas si haut ; on pourrait vous entendre." Je me sentis malheureux d'avoir fait un si mauvais début, et me plongeai avec une folle témérité dans le sujet des comédies françaises[1]. Elle parla très peu, toujours de cette voix basse et musicale, et il semblait qu'elle eût peur que quelqu'un fût aux écoutes. Je m'épris passionnément, stupidement, et l'atmosphère indéfinissable de mystère qui l'entourait suscita ma curiosité la plus ardente. Tandis qu'elle prenait congé, ce qu'elle fit peu de temps après la fin du dîner, je lui demandai si je pouvais lui faire une visite. Elle hésita un instant, lança un coup d'œil circulaire pour voir s'il n'y avait personne à proximité de nous, et dit alors : "Oui, demain, à cinq heures moins le quart." Je priai Mme de Rastail de me renseigner sur elle ; mais tout ce que je pus apprendre, c'est qu'elle était veuve et possédait une maison magnifique dans Park Lane[2] ; et comme quelque raseur scientifique commençait une dissertation sur les veuves, en tant qu'illustration du principe de la survie du plus apte au point de vue matrimonial, je pris congé, puis rentrai chez moi.

« Le lendemain, j'arrivai à Park Lane avec une ponctualité parfaite, mais le maître d'hôtel me dit que Lady Alroy venait de sortir. Je me rendis au club, fort

1. Rappelons qu'à cette époque de profonde pudibonderie anglaise, le théâtre et le roman français passaient pour fort osés, voire totalement immoraux.

2. C'est la rue résidentielle la plus « chic » du West End, longeant Hyde Park à son extrémité orientale.

malheureux et considérablement intrigué, et après avoir longuement réfléchi, je lui écrivis une lettre lui demandant si elle me permettait de courir ma chance quelque autre après-midi. Je restai plusieurs jours sans réponse, mais enfin je reçus un petit mot disant qu'elle serait chez elle dimanche à quatre heures, et portant ce post-scriptum extraordinaire : "Je vous en prie, ne m'écrivez plus ici ; je vous expliquerai cela quand je vous verrai." Le dimanche, elle me reçut et fut absolument charmante ; mais au moment où je pris congé, elle me supplia, si jamais j'avais l'occasion de lui écrire de nouveau, d'adresser ma lettre à Mme Knox, aux bons soins de la bibliothèque Whittaker, Green Street. "Il y a des raisons, dit-elle, pour lesquelles je ne puis recevoir de lettre chez moi."

« Durant toute la saison je la vis beaucoup, et l'atmosphère de mystère ne l'abandonna jamais. Je me disais quelquefois qu'elle était au pouvoir d'un homme, mais elle semblait si difficile à approcher que je me refusais à le croire. Il m'était vraiment fort difficile d'arriver à une conclusion quelle qu'elle fût, car elle ressemblait à l'un de ces blocs étranges de cristal que l'on voit dans les musées, et qui sont transparents à un moment donné et se troublent l'instant d'après. Enfin, je résolus de lui demander d'être ma femme : j'en avais assez, de ce secret incessant qu'elle imposait à toutes mes visites et aux quelques lettres que je lui adressais. Je lui écrivis à la bibliothèque pour lui demander si elle pouvait me recevoir le lundi suivant à six heures. Elle répondit oui, et je fus transporté au septième ciel. J'étais fou d'elle : en dépit du mystère, pensais-je à cette époque — en raison du mystère, je le vois à présent. Non ; c'est la femme elle-même que j'aimais. Le mystère m'inquiétait, m'affolait. Pourquoi le hasard m'a-t-il mis sur ses traces ?

— Tu l'as donc découvert ? m'écriai-je.

— Je le crains, répondit-il. Tu pourras juger par toi-même.

« Quand arriva le lundi, j'allai déjeuner chez mon oncle, et vers quatre heures je me trouvai dans Marylebone Road. Mon oncle, comme tu le sais, habite Regent's Park. Je voulais rejoindre Piccadilly, et je pris un raccourci, par un tas de petites rues minables. Tout à coup j'aperçus devant moi Lady Alroy, sous des voiles épais, et marchant très vite. Quand elle arriva à la dernière maison de la rue, elle monta les marches, tira une clef de son réticule, ouvrit la porte, et entra. Voici le mystère ! me dis-je ; et je m'avançai bien vite pour examiner la maison. Elle me parut être un de ces immeubles qui conviennent à la location de chambres meublées[1]. Sur la première marche de l'entrée, il y avait son mouchoir, qu'elle avait laissé tomber. Je le ramassai et le mis dans ma poche. Puis je me mis à réfléchir à ce qu'il convenait de faire. J'arrivai à cette conclusion que je n'avais nul droit à l'espionner, et je me fis conduire au club. A six heures, je lui fis ma visite. Elle était étendue sur un canapé, vêtue d'un déshabillé en tissu lamé d'argent relevé au moyen de quelques pierres de lune étranges qu'elle portait toujours. Elle était absolument ravissante. “Comme je suis contente de vous voir, dit-elle. Je ne suis pas sortie de la journée.” Je la dévisageai avec stupéfaction, et, tirant de ma poche le mouchoir, je le lui tendis. “Vous avez laissé tomber ceci dans Cumnor Street cet après-midi, Lady Alroy”, dis-je avec beaucoup de calme. Elle me regarda avec terreur, mais ne tenta pas de prendre le mouchoir. “Qu'y

1. La sous-location en meublé d'une partie de leur maison se fait beaucoup, en Angleterre, chez les classes moyennes et inférieures ; ces locations n'ont d'ailleurs rien de louche ou d'immoral.

faisiez-vous ? demandai-je. — De quel droit me questionnez-vous ? répondit-elle. — Du droit d'un homme qui vous aime, repartis-je. Je suis venu ici pour vous demander d'être ma femme." Elle se cacha le visage dans ses mains et éclata en un torrent de larmes. "Il faut que vous me le disiez", repris-je. Elle se leva et, me regardant bien en face, dit : "Lord Murchison, il n'y a rien à vous dire. — Vous êtes allée retrouver quelqu'un ! m'écriai-je. C'est là votre mystère." Elle pâlit affreusement et dit : "Je ne suis allée retrouver personne. — Vous ne pouvez donc pas dire la vérité ? m'écriai-je. — Je l'ai dite", répondit-elle. J'étais fou, insensé ; je ne me rappelle plus mes paroles, mais je lui dis des choses terribles. Finalement, je me précipitai hors de la maison. Elle m'adressa une lettre le lendemain ; je la lui renvoyai sans l'ouvrir, et je partis pour la Norvège avec Alan Colville. Au bout d'un mois je revins, et la première chose que je vis dans le *Morning Post*, ce fut la mort de Lady Alroy. Elle avait pris froid à l'Opéra, et était morte au bout de cinq jours, de congestion pulmonaire. Je m'enfermai chez moi et ne vis personne. Je l'avais tant aimée ! Je l'avais aimée si follement ! Dieu, comme je l'avais aimée, cette femme !

— Tu es allé dans la rue en question, tu as vu la maison ? dis-je.

— Oui, répondit-il. Un jour, j'y suis allé, à Cumnor Street. Je n'ai pas pu m'en empêcher ; j'étais torturé par le doute. Je frappai à la porte, et une femme d'aspect convenable m'ouvrit. Je lui demandai si elle avait des chambres à louer. "Ma foi, monsieur, répondit-elle, les salons sont censés être loués ; mais voilà trois mois que je n'ai vu la dame, et comme le loyer n'est pas payé, vous pouvez les prendre. — Est-ce cette dame-là ? dis-je, lui montrant la photographie. — C'est bien elle, il n'y a pas d'erreur, s'écria-t-elle ;

quand doit-elle revenir, monsieur ? — Cette dame est morte, répondis-je. — Oh ! monsieur, j'espère que non ! dit la femme ; elle était ma meilleure locataire. Elle me payait trois guinées par semaine, simplement pour s'asseoir de temps à autre dans mes salons. — Elle recevait quelqu'un ici ?" dis-je. Mais la femme m'assura qu'il n'en était rien, qu'elle venait toujours seule et ne voyait personne. "Que diable faisait-elle ici ? m'écriai-je. — Elle s'asseyait simplement dans le salon, monsieur, lisant des livres, et quelquefois elle prenait le thé", répondit la femme. Je ne sus que dire, si bien que je lui donnai une livre, et m'en allai... Et, maintenant, qu'est-ce que tout cela signifiait, à ton avis ? Tu ne crois pas que cette femme disait vrai ?

— Si, je le crois.

— Alors, pourquoi Lady Alroy y allait-elle ?

— Mon cher Gerald, répondis-je, Lady Alroy était simplement une femme qui avait la manie du mystère. Elle a loué ces chambres pour le plaisir d'y aller, avec son voile baissé, et en s'imaginant qu'elle était une héroïne. Elle avait la passion du mystère, mais elle était simplement, pour sa part, un sphinx sans secret.

— C'est vraiment là ton avis ?

— J'en suis sûr », répondis-je.

Il tira de sa poche l'étui de maroquin, l'ouvrit, et regarda la photographie. « Je me le demande ? » dit-il enfin.

Commentaires

par

Jean-Luc Steinmetz

L'auteur et son temps

On ne saurait tricher avec le personnage d'Oscar Wilde, l'affadir, gommer les scandales auxquels il se complut. Il faut en tenir compte, comme il convient aussi de percevoir sous tant de masques outrageusement ostentatoires une vérité ineffaçable et prestigieuse, celle d'un homme qui recherchait éperdument la beauté.

Il suffit de passer la Manche (et le nouveau tunnel qui bientôt fera de ce franchissement une aventure terrienne n'y changera sans doute rien) pour découvrir un autre pays, une autre mentalité, là-bas dans l'île. Oscar Wilde est un génie typiquement anglais, mieux, irlandais, de ce Dublin où il naquit d'une mère dont l'ascendance comptait parmi ses membres l'illustre auteur de romans noirs, le révérend Maturin. Irlandais, Wilde se proclamait tel et non sans un certain snobisme le rattachant, lui le raffiné, à un peuple farouche et d'une fière pauvreté. Anglais, cependant, il le fut d'abord en vertu de ses manières très étudiées dont son œuvre entière témoigne. Les façons d'être de Wilde qui firent de lui un être vanté ou haï, en tout cas la cible de toute une génération de critiques et d'artistes, ne tiennent d'ailleurs pas uniquement à sa personnalité. Elles reflètent une époque, un milieu. Ce furent assurément les années qu'il passa à Oxford qui le formèrent de façon définitive et firent de lui un véritable « artiste de l'existence », comme il aimait à se nommer. Dans ces vieux cloîtres d'éducation fréquentés par les plus fins esprits de l'époque, dans ce milieu d'enseignants hors pair, les *Fellows*, qui éblouira Mallarmé, Wilde découvre une ambiance dont il conservera l'empreinte. La subtilité y régnait en maîtresse ; le goût presque maladif des nuances, une rêverie profonde et riche sur la beauté des arts anciens, ceux de la Renaissance, voire de l'antique Grèce. En réaction contre l'esthétique bourgeoise de l'ère victorienne, partisan du bon sens et farcie de moralisme étroit, les jeunes préraphaélites, dès 1848, avaient créé un mouvement de haute pensée : peinture, littérature, musique. Les œuvres se nourrissent de l'érudition la plus aiguë pour renouveler l'art et la vision du monde. Oxford, avec Cambridge l'un des centres universitaires les plus brillants de l'Angleterre, répand les idées nouvelles et riches de ces artistes au nombre desquels comptent surtout des peintres comme Dante Gabriel Rossetti, Burne-Jones, John Everett Millais, qui jouissent encore aujourd'hui de la réputation la plus considérable. Oscar Wilde, au contact de maîtres émérites, se trouvera, c'est-à-dire que, malgré des errements et des incertitudes, il deviendra un homme convaincu par un ensemble d'idées qu'il n'abandonnera pas. Il reçoit alors l'enseignement de Walter Pater, auteur de remarquables essais sur l'art de la Renaissance et d'un roman, *Marius l'épicurien* (1883) dont on ignore trop qu'il inspira très certainement les *Mémoires d'Hadrien* de Marguerite Yourcenar. Wilde suit quelques mois les cours de John Ruskin, véritable champion des préraphaélites, dont les livres sur l'architecture et plus spécialement *La Bible d'Amiens* demeurent justement célèbres. On sait que Proust traduisit et annota cet ouvrage qu'il introduisit par une préface éblouissante. On doit imaginer le cadre dans lequel Wilde forgea sa personnalité, et ce cadre est évidemment pour tout lecteur français particulièrement dépaysant. Wilde s'inscrit puissamment dans l'histoire culturelle et idéologique de sa patrie — qui le reniera pourtant. Il n'est jusqu'à sa marginalité qui ne nous paraisse cependant très britannique. En effet, dès l'âge de vingt ans, donc en 1874, il conforte plus qu'il n'impose le type séduisant du dandy, personnage essentiellement d'outre-Manche dont nous avons toujours quelque difficulté à saisir la pertinence ou l'impertinence et, tout bonnement, la raison d'être. L'originalité de Wilde est assurément radicale ; elle n'en rejoint pas moins une certaine posture, une pose notoirement anglaise et que les préraphaélites, comme les oxfordiens, n'eurent de cesse d'accentuer. Sans doute faut-il remonter à Byron, à ses excentricités et à ce que joliment Gabriel Matzneff appelle sa « diététique », pour comprendre de tels personnages. Un certain mépris de la vie courante, une profonde lassitude (souvent née de la civilisation industrielle et de son irritante course au progrès), un sens de l'humour qui n'allait pas sans quelque obsession de la mort, enfin le recours à l'excès (dans le comportement, dans le costume) pour lutter contre le spleen semblent caractériser une telle recherche, fort savante au demeurant et s'engageant dans un parcours souvent semé d'embûches.

Féru d'esthétisme, Wilde, au sortir d'Oxford, se plaît à scandaliser par sa mise. L'apparence ici vaut l'essence. Vêtu d'une veste et d'une toque de velours (ce qui le fait, par certains côtés, ressembler à l'image traditionnelle de Hamlet), il porte des bas de soie, une culotte dans le style ancien, des souliers vernis à boucles. Il adopte des pseudonymes très significatifs qui font de lui un contemporain de la Renaissance italienne — qu'il s'appelle Cimabue Brown ou Basil Giorgione. Son habillement d'un autre âge, il l'abandonnera plus tard pour une tenue moins excentrique, mais d'un chic trop exemplaire pour passer inaperçu, et ses lis à la boutonnière, ses cigarettes à bout doré enchanteront ou irriteront le meilleur de l'aristocratie anglaise. C'est ainsi que, peu à peu, il fabriqua son personnage, non sans poursuivre — nous l'avons dit — une tradition héritée du grand Brummel, par exemple, arbitre des élégances au début du XIXe siècle. Fascinateur, il n'en était pas moins fasciné lui-même par le peintre américain Whistler qui vivait en Angleterre et se signalait par une originalité de conduite qui tenait plus de la distinction que de l'ostentation. Whistler en voudra d'ailleurs à Wilde de l'imiter, voire de le parodier, et une brouille séparera sans retour les deux hommes. Wilde, outre ces qualités de pur apparat, valait par son talent de causeur émérite. Il fut l'un de ceux qui par la seule vertu de leur parole créent un univers et tiennent en haleine jusqu'au petit matin un cercle d'auditeurs éblouis comme par un rêve. Son œuvre ne se conçoit pas sans cet art de la conversation porté jusqu'à ses plus hautes cimes. Peu descriptive, elle résonne surtout de propos où l'esprit étincelle, où la repartie vive et colorée donne au style son éclat. Wilde, comme plus tard Jean Cocteau, fut un étonnant trouveur de mots, un inventeur d'aphorismes. On comprend qu'il ait développé autour de lui une forme d'écoute. Sa parole ne pouvait vivre d'elle-même, comme, à partir d'un certain moment, on ne put vivre sans Wilde. Il fallait qu'il apparût dans les soirées, distribuant éloges et blâmes — et plus souvent ces derniers, sans lesquels le rire ne trouverait matière à se déployer.

La duchesse de Portland, Lord Pembroke, tous riches aristocrates, le reçoivent. Les beaux esprits le recherchent, plusieurs se forment à l'entendre. Ces êtres, bien éloignés des contingences matérielles, la critique de l'époque, non sans de bonnes raisons, les appelait les *Souls*, les « Ames » — mais ce n'était pas de « belles âmes » confites dans un romantisme vain. Régnant par la parole et la façon d'être, ces hommes croyaient volontiers à la souveraineté du langage et de la mode (à condition qu'ils la créent). L'esthétisme, dont ils se réclamaient avec tant de fierté, Wilde n'en faisait pas une affaire de simple contemplation, comme Platon illuminé par les formes des idées pures (les archétypes). Et il existe dans sa vie un constant désir de communiquer avec autrui qu'on ne saurait mettre au compte du seul narcissisme. Chevalier de la foi dans le Beau, Wilde, après quelques années passées à Londres, se lança bientôt dans une aventure séduisante, bien qu'elle n'ait guère tourné à son avantage. Grâce à de riches commanditaires, il décide de répandre en Amérique les bonnes paroles d'un esthétisme qu'il souhaitait de plus en plus incarner. Ses conférences, hélas ! qui attireront parfois les foules seront aussi l'objet de sévères critiques et de quelques chahuts mémorables. Il découvrait avec les États-Unis le pays de l'anti-poésie. Il allait s'en souvenir toute sa vie

L'échec de sa « mission » pour la plus noble des causes l'ébranle suffisamment pour que, à trente ans, il décide de mettre fin à ses excentricités et, provisoirement, se range — ce qui le conduit à toute une série de démarches et d'actes tendant à adoucir les traits trop vifs du dandy qu'il avait été. Mariage, enfants, situation assurée. Ce fut alors qu'il écrivit plusieurs contes, dont *Le Fantôme de Canterville* et les récits qui traditionnellement l'accompagnent. Son revirement momentané ne doit d'ailleurs pas être pris pour un reniement, mais pour un dédouanement. Wilde allège son image, sans pourtant la détruire. Le ton de ses nouvelles, la morale délicate qu'elles suggèrent font de lui un écrivain plein d'esprit dont on oublie les exagérations de naguère. Il est significatif de voir cependant comme bien vite et plus irrémissible revint le démon qui l'habitait et qui le vouait à une existence de désordre. Au fil de l'œuvre et comme par infiltration, se fait jour son penchant satanique et pervers qui le force à jouer avec les masques. *Larvatus prodeo* : je m'avance masqué. On use, on abuse des masques dans la littérature comme dans la critique. Cette fois, néanmoins, recourir à ce mot se justifie pleinement. A travers différentes œuvres, d'abord de petites dimensions, Wilde dessine des personnages qui lui ressemblent ou sont conformes aux objets de son désir. *Plume, pinceau et poison* tente de comprendre le cas de l'étrange Wainewright, écrivain, peintre et assassin. Ce n'est pas une « vie imaginaire » que compose Wilde (comme son maître Walter Pater), mais une biographie de sympathie en dépit de l'horreur que soulève le personnage évoqué. Autre bizarrerie : *Le Portrait de Mr. W.H.*, le mystérieux jeune homme dédicataire des *Sonnets* de Shakespeare dont on sait qu'ils se réfèrent à l'« amour qui ne dit pas son nom ». Ce premier portrait où se projette aussi le désir homosexuel de Wilde ne fait que préluder au plus célèbre *Portrait de Dorian Gray*, œuvre achevée où, selon toute vraisemblance, la rencontre de Wilde avec le jeune Lord Douglas, se trouve transposée, Wilde apparaissant sous les traits du mentor de Gray, Lord Henry.

Volontairement élitiste, mais éclairé par la lumière d'une éblouissante et néanmoins redoutable intelligence, ce roman d'une extrême audace, car il affirme avec insistance la force, voire la loi du plaisir, ne pouvait que soulever la réprobation. Dorian Gray, qui puise d'ailleurs beaucoup de sa manière d'être au livre de Huysmans *A Rebours*, dominé par le languide héros Des Esseintes, encourageait ce que l'on appelait alors l'esprit de Décadence et c'est frappé de ce mot, tantôt mépris, tantôt louange, qu'il faut considérer Wilde, ému par l'art au point d'y voir plus que la vie et revendiquant l'artifice comme comble des valeurs.

Plus par besoin d'argent que par conviction profonde, Wilde s'adonne ensuite à la création théâtrale. Elle lui permet de conquérir un vaste public.

Dans l'actuelle Angleterre, il reste avant tout au titre de dramaturge, celui qui écrivit *L'Éventail de Lady Windermere, Une femme sans importance* et *De l'importance d'être sérieux*, pièces qui font encore l'objet de représentations nombreuses, alors que l'œuvre romanesque est boudée, soit qu'on l'estime passée de mode, soit que l'on en conteste les thèses immorales. Wilde sut, avec un talent qui rejoignait celui de sa conversation, être un auteur à succès relevant avec une particulière acuité les travers d'une aristocratie qui lui était familière et qui formait alors l'élite de la société victorienne. Ce miroir, qu'il tendit à un certain public, beaucoup s'y reconnurent sans amertume. Mais ces succès, qui révèlent sa nature profonde d'écrivain, ne pouvaient être séparés de la vie qu'il menait alors et qui, fastueuse, dépensière, exposait surtout une liaison homosexuelle qu'il aurait mieux fait de tenir dans l'ombre. Il appartenait toutefois à son caractère d'en faire étalage, comme s'il souhaitait qu'elle fût à tout prix ratifiée par l'œil du public, évidemment impitoyable en ces cas-là. Lord Douglas, jeune noble de haute culture, qui se prétendit l'inspirateur de Dorian Gray, fut séduit par le brillant Oscar Wilde, et le séduisit. Cette relation reste exemplaire dans le domaine des lettres, non pour les scènes inévitables auxquelles elle donna lieu entre les deux hommes (que dire alors des tumultueux rapports de Verlaine et de Rimbaud entre 1871 et 1873 ?), mais pour les suites judiciaires qu'elle entraîna. En l'occurrence la forfanterie de Wilde semble l'avoir placé sur la pente de l'irrémédiable. Critiqué sévèrement par Lord Queensberry, le père de Lord Douglas, Wilde osa le poursuivre en justice pour diffamation, mais finalement ne sut convaincre les juges et lui-même fut jeté pour deux ans au bagne. Cette peine, qui nous paraît aujourd'hui des plus lourdes, allait faire de lui un martyr conscient et projeter sur son nom une lumière nouvelle. Ainsi Wilde est-il devenu exemplaire — au même titre qu'un Rimbaud. Mais si de Rimbaud nous étonnent le renoncement à la littérature et la mort misérable, de Wilde nous retenons avant tout la longue incarcération pour conduite scandaleuse et cette descente aux Enfers consentie. Le prisonnier écrit dans sa cellule un *De Profundis*, lettre confession adressée à Lord Douglas qu'il rend alors responsable de ses malheurs, ce qui n'empêchera pas les deux hommes de se revoir par la suite. A sa libération, Wilde, renouant avec la poésie, composera l'émouvante *Ballade de la Geôle de Reading*, tout en choisissant pour un temps de mener une vie tranquille et solitaire à Berneval, aux environs de Dieppe. Quelques admirateurs, dont Gide, viennent le voir. Mais son existence obéissait évidemment à quelque principe de destruction où le regard de Narcisse finit par devenir celui de Méduse. A nouveau la voie des plaisirs allait s'ouvrir, comme une plaie — et avec elle la recherche acharnée d'une beauté dont il savait que son visage n'offrait plus que la caricature. Restaient le plaisir seul, les dépenses en pure perte, l'amitié toujours orageuse avec Lord Douglas, les voyages où l'on croit se fuir. Tout cela pour aboutir à une fin presque verlainienne dans un deux-pièces médiocre de l'hôtel d'Alsace au Quartier latin. Sept personnes suivront le corps de l'exilé jusqu'au cimetière de Bagneux. (Il sera transféré en juillet 1904 au Père-Lachaise, sa dernière demeure.)

Être de la marge, Wilde fut cependant un homme de son temps. Défenseur et parfois inventeur des idées nouvelles d'une époque, il inquiéta profondément les sinécures dorées de la société victorienne. On peut supposer toutefois qu'il eut besoin de ce milieu comme d'une pierre de touche et que les contraintes morales, l'excessif climat de puritanisme qui constituaient la matière de la vie quotidienne anglaise servirent son art, tout de réaction contre la platitude et l'hypocrisie, tout de foi pour un idéal où brillait une beauté évidemment inaccessible mais dont la Grèce antique ou la Renaissance italienne avaient donné des modèles approchés.

L'originalité de l'œuvre

En dépit des différences qui existent entre elles, Oscar Wilde a tenu à regrouper en 1891, sous le titre *Le Crime de Lord Arthur Savile et autres histoires*, quatre nouvelles qu'il avait publiées auparavant au cours de l'année 1887 dans des revues comme *The Court and Society Review* et *The World.* Ce regroupement laisse entendre une certaine communauté de thèmes et de tons. Wilde donne par son titre la primauté à l'histoire la plus longue, mais il est certain que *Le Fantôme de Canterville* demeure la plus célèbre. La vie de Wilde, que nous avons retracée auparavant, ne doit pas étouffer de ses incidences scandaleuses la fraîcheur de ces textes qui marquent ses débuts d'auteur en prose. Le recueil de poèmes qu'il avait publié dans sa jeunesse, la tragédie qu'il avait fait jouer en Amérique n'annonçaient guère ces œuvrettes d'une langue simple (hormis certaines recherches d'effet bien localisées) qui semblent remiser au second plan les préoccupations esthétiques sur lesquelles s'était d'abord construite sa réputation. Groupées, elles n'en valent pas moins par leur variété. Deux longs textes que nous appellerions volontiers des nouvelles, *Le Crime de Lord Arthur Savile* et *Le Fantôme de Canterville*, comportent respectivement six et sept chapitres. Ils sont suivis de deux « fantaisies », *Le Millionnaire modèle* et *Le Sphinx sans secret. Le Crime* et *Le Fantôme* par leur titre même nous confrontent à des genres connus, le policier et le récit de terreur. Les autres annoncent des sortes de fables dont l'une, la seconde, se donne immédiatement comme déceptive. C'est en tant que *stories* que Wilde caractérise ces quatre textes. Il est difficile d'apprécier la teneur exacte d'un tel mot ; on pourra, du moins, le comparer aux *tales* d'Edgar Poe que Baudelaire traduisit — on le sait — par « histoires ». Les *tales* proches des contes supposent un cadre formel plus contraignant. Les *stories* peuvent être des récits de coin du feu, de ceux que des convives se racontent en fin de repas. Rappelons aussi que les Anglais pour dire « nouvelles » utilisent l'expression *short stories* : mot à mot, « courtes histoires ». En fait, il faut bien imaginer, alimentant le talent d'écrivain de Wilde, une virtuosité de conteur oral, qui ferait songer à la merveilleuse faconde de notre Charles Nodier, n'était la passion du brillant et du trait qui chez lui l'emporte sur le sens de l'inflexion mélodique, la portée à long terme d'une histoire. Ce caractère oral du récit explique le style de Wilde, aimant souvent la brièveté, tenté par la pointe, parfois assassine, animé par une rapidité qui repousse tout détail inutile et joint au souci de l'utile la connaissance du caractéristique.

Mais si en l'occurrence nous avons bien affaire à des *stories*, Wilde a bien pris soin de signaler aux yeux du lecteur la façon dont il a modifié le genre qu'il pratiquait. En effet, chacun des quatre récits est programmé par un sous-titre qui permet d'en estimer toute la particularité. *Le Crime de Lord Arthur Savile* se présente comme une « étude du devoir », ce qui est poser un cas moral que le texte, effectivement, analysera. *Le Fantôme de Canterville* se prétend une « fantaisie hylo-idéaliste » — qualificatif aussi obscur que l'existence des spectres eux-mêmes. Une enquête plus poussée nous apprend qu'il convient de lire sous cette expression absconse à dessein une référence à la doctrine du philosophe britannique R. Lewins pensant que la réalité n'existe qu'en fonction de la subjectivité de chacun et qu'elle est une sorte de projection de nos idées individuelles. *Le Millionnaire modèle*, pour sa part, ne serait, selon Wilde, qu'une « note admirative » ; enfin *Le Sphinx sans secret*, qualifié d'« eau-forte », implique une petite composition nettement dessinée et pleine de pittoresque. L'ensemble du volume paraît hétéroclite, non sans être dominé par une insistante note « pince-sans-rire ».

Le Fantôme de Canterville

La tradition gothique

Le Fantôme de Canterville feint de s'inscrire dans la tradition anglaise des récits fantastiques qui remontait au XVIIIe siècle et au *Château d'Otrante* d'Horace Walpole. Wilde ignorait d'autant moins de tels antécédents qu'il avait de qui tenir, car il était né en Irlande, terre hantée assurément, moins que l'Écosse toutefois, et par sa mère descendait de l'un des plus illustres auteurs de romans noirs, le révérend Maturin, célèbre par son *Melmoth, l'Homme errant*[1]. Connaisseur de la *frenetic school*[2] qui avait produit en 1820, encore, les *Ingoldsby*, histoires bouffonnes de fantômes, Wilde accumule ici tout un matériel, devenu surabondant au fil des années, pour mieux le réduire en pièces. Il s'empare avec gourmandise de l'attirail gothique grâce auquel maints auteurs d'œuvres terrifiantes avaient pu séduire un public amateur d'émotions fortes. L'arrivée des nouveaux hôtes dans le manoir de Canterville est précédée de phénomènes atmosphériques, dont abusaient les « thrillers » romantiques ; à plusieurs reprises, Wilde recourt aux effets bien usés de l'orage et des éclairs. Cette fâcherie du ciel n'annonce-t-elle pas immanquablement la venue des esprits et parfois leur mauvais caractère ? Quant au manoir de Canterville, fort habitable, il n'en comporte pas moins certains éléments qui témoignent de son ancienneté : lambris, tentures, vieilles armures. Dans la bibliothèque, une tache de sang aussi persistante que celle dont Lady Macbeth voulait purifier sa main coupable continue d'apparaître, en dépit des différentes lotions détergentes dont on la recouvre avec soin. Sur les murs de la même salle se trouve peinte en belles lettres gothiques une inscription qui sans doute échappa aux différents habitants du manoir, puisque sa lecture attentive leur aurait fourni l'antidote

1. *Melmoth, l'Homme errant* a paru en 1820. Il fut traduit en France dès 1821, inspira la nouvelle de Balzac *Melmoth réconcilié* (1835), fut admiré de Baudelaire et plus tard des surréalistes. André Breton en préfaça la réédition en 1954.

2. La *frenetic school* désigne tout le mouvement des « romanciers noirs » qui se développa en Angleterre à partir des années 1780 et dont les principaux représentants furent Ann Radcliffe et Monk Lewis, l'auteur du *Moine* (1796).

permettant de calmer définitivement l'humeur vagabonde et bruyante du fantôme.

Le métier de spectre

Celui-ci est évidemment le personnage principal. Wilde, novice dans le domaine de l'étrange, devait faire ses preuves de « fantastiqueur ». Il se montre des plus originaux, puisqu'il propose une démystification à peu près définitive du spectre en tant que stéréotype. Innombrables sont les histoires de fantômes anglais, à telle enseigne qu'on a pu en constituer maintes anthologies, celle d'Edmond Jaloux restant à juste titre la plus renommée[1]. De Sheridan Le Fanu à Virginia Woolf *(Une maison hantée)* en passant par Fitz O'Brien et Montague R. James, on y voit toujours à l'œuvre un être mystérieux que dans son recueil Jaloux confond toutefois trop souvent avec les vampires. Le vampire est un mort-vivant particulièrement cruel. Il a ses rites et fait l'objet d'une tradition bien déterminée. Le fantôme est simplement une âme en peine qui revient sur les lieux où elle vécut autrefois et où souvent elle commit une faute[2]. Vaporeux, ectoplasmique, il n'en est pas moins revêtu de son linceul et lesté parfois de lourdes chaînes. Celui qu'invente Wilde est un véritable modèle du genre. Capable de traverser les murs (ce qu'il fait pour entraîner avec lui Virginia), il sait au besoin utiliser comme moyen d'évasion la quatrième dimension de l'espace — à laquelle bientôt certains humoristes français, Pawlowski, Jarry, voire

1. *Histoires de fantômes anglais*, recueillies et préfacées par Edmond Jaloux (nouvelle édition), Gallimard, 1962.
2. *Histoires de fantômes*, Presses Pocket, 1977.

Marcel Duchamp, accorderont la plus vive attention[1] ; l'humour de Wilde transforme l'occurrence improbable du fantôme en une fonction, mieux, une sorte de *hard labour*. Comme un ouvrier de l'au-delà, le fantôme doit apparaître dans le couloir de Canterville une fois par semaine et pousser des cris abominables les premier et troisième mercredis de chaque mois. Ainsi, Wilde renouvelle plaisamment les lieux communs des histoires surnaturelles. *Le revenant* lui suggère *un comique de répétition*. Un revenant n'a d'autre occupation que d'apparaître. C'est là son mode d'existence. Ses apparitions qui finalement pourraient lasser et non plus surprendre, si elles se reproduisaient par trop souvent, Wilde prend soin néanmoins d'en varier la teneur. Fregoli accompli, le fantôme adopte divers déguisements et provoque ainsi chez ceux qui le voient des réactions variées.

Un cabotin de l'au-delà

De là, une série de petites scènes où l'acteur principal tente de jouer son rôle le mieux possible face à des spectateurs incrédules hélas ! et toujours prêts à siffler une représentation dont ils connaissent trop bien la machinerie. Théâtral, en effet, le fantôme l'est avant tout. Le vieux Simon de Canterville, voué par le châtiment céleste à hanter les lieux de son crime, a fini par prendre à cœur son « métier » de spectre. En cabotin convaincu, il se plaît souvent à faire le bilan

1. Gaston Pawlowsky écrivit *Voyage au pays de la quatrième dimension* ; Alfred Jarry « inventa », dans le même ordre d'idées, la pataphysique de l'étonnant docteur Faustroll (1911) ; enfin, du peintre Marcel Duchamp, le tableau sur verre *La Mariée mise à nu par ses célibataires, même* (1923) semble une authentique aventure artistique dans ce monde humoristique et indescriptible.

de sa carrière ; il énumère ses plus grands triomphes, c'est-à-dire ceux qui causèrent le plus de frayeur et frappèrent d'apoplexie quelques illustres hôtes du manoir. « Daniel le Muet, ou le Squelette du Suicidé », « Martin le Maniaque, ou le Mystère Masqué », « Isaac le Noir, ou le Chasseur des Bois de Hogley », « Rupert le Téméraire, ou le Comte sans tête », « Jonas sans Tombe, ou le Voleur de Cadavres de Chertsey Barn », autant de titres excessifs dont la surénchère rappelle, en vrac, la tonalité superlative des mélodrames et romans noirs qui déferlèrent sur l'Europe du XVIIIe siècle et du Premier Empire. Le fantôme se plaît d'ailleurs à ses déguisements : il choisit dans sa garde-robe des costumes à effet : « chapeau de feutre mou avec une plume rouge », « linceul plissé aux poignets et au col ». Il montre aussi un réel talent de metteur en scène, prévoit son jeu avec une grande précision, en tenant compte de chacun de ses spectateurs.

Un fantôme humain

Wilde cependant a très bien compris qu'une telle satire des histoires terrifiques ne saurait le mener bien loin. Elle se borne, en effet, à ridiculiser des éléments formels et risquerait de pécher bientôt par esprit de système. En prêtant au fantôme les défauts d'un cabotin, il l'expose au rire automatique que provoque le comique de répétition (au sens le plus théâtral du terme). Mais nous devinons vite qu'un cœur bat sous ces déguisements. A côté d'un être fanfaron et fier de ses « créations », nous découvrons un fantôme dépité, vexé, mélancolique et, comble d'humour noir, souffrant des courants d'air, pouvant s'enrhumer et garder le lit. En ce sens, il offre le contre-exemple des spectres traditionnels, dépourvus d'intériorité, impassibles ou violemment cruels. Il devient alors un être fragile, capable d'émotions ; les farces qu'il subit finissent par lui valoir notre sympathie, et l'intérêt que va lui manifester Virginia l'adolescente coïncide avec celui que tout lecteur aimerait lui porter. De phénomène surnaturel il s'est mué en homme comme nous, poursuivant dans l'au-delà — et avec des moyens somme toute réduits — une existence besogneuse qu'il assume avec une grande conscience « professionnelle ».

Humour et poésie

Le cinquième chapitre de la nouvelle constitue, de ce point de vue, une étonnante réussite. Il unit l'humour et la poésie. Avec une rare délicatesse, le fantôme décrit pour sa jeune interlocutrice le Jardin de la Mort où, las de sa tâche, il aimerait reposer : « L'herbe y croît, longue et drue ; il y a là les grosses étoiles blanches de la fleur de ciguë, et le rossignol y chante toute la nuit. » De comique, l'histoire devient lyrique ; elle se transforme en conte de fées et nous pouvons nous laisser prendre à son charme, alors que les chapitres précédents nous plaçaient à distance de ce qui nous était raconté, car ils impliquaient toujours une perspective ironique. Le fantôme cabotin se trouve réduit à sa réalité : il est un coupable privé d'amour — sa femme, qu'il a tuée, était « fort laide » (ce qui, certes, ne saurait excuser un geste homicide) — et seul l'amour d'« un petit enfant » (ici une jeune fille) pourra le rendre au définitif repos de la mort. Cet être du fracas et des oripeaux, cet interprète hors pair de rôles extravagants abandonne ses défroques impressionnantes. Il dit sa vérité. Bientôt on ne découvrira de lui que ce qu'il aurait dû être tout simplement après la mort : un pauvre squelette. Délaissant son ostentation et ses parades terrifiques, il enseignera, juste avant de disparaître, la vérité et comme la morale du récit, qui n'en laissait pas tant attendre : l'amour est plus puissant que la vie et la mort, grand secret que Wilde le dandy nous transmet, malgré son opinion que l'art, messager de beauté, « n'entend rien prouver[1] ».

La famille Otis : une amusante satire des Américains

La famille Otis, les nouveaux propriétaires du manoir, donne au nouvelliste l'occasion de caricaturer ces Américains qu'il n'aimait guère, car ils n'avaient réservé qu'un accueil mitigé à la tournée de conférences esthétiques qu'il avait faite aux États-Unis en 1882. Cette raison d'ailleurs ne saurait suffire pour expliquer la piètre estime dans laquelle il tenait cette nation de nouveaux riches croyant que tout peut céder au pouvoir de l'argent[2]. En cela il s'accordait avec l'opinion courante qui régnait en Angleterre. A la société idéaliste et policée dont Wilde se réclamait, il avait beau jeu d'opposer, de façon certes trop schématique, le monde sans âme de l'Amérique. Mr. Otis, ministre républicain, est un esprit moderne, un capitaliste convaincu pensant que tout peut s'acheter, y compris les fantômes. Positif, il n'est guère ébranlé par la manifestation du surnaturel, même si la tache de sang qui revient lui donne quelque doute ; et c'est

1. C'est un des aphorismes qui forment la préface du *Portrait de Dorian Gray*.
2. L'article de Wilde « L'Américain » paru dans la même revue *The Court and Society Review*, t. IV, témoigne d'une vision plus bienveillante.

avec un formidable aplomb qu'il conseille au fantôme de huiler ses chaînes pour ne pas faire de bruit ou le somme, revolver au poing, de lever les bras en l'air. Cet excellent homme incarne évidemment l'esprit matérialiste du Nouveau Monde dont ni Wilde ni la vieille Angleterre ne savaient s'accommoder. Sa relation avec le dernier des lords de Canterville qui veut vendre le manoir traduit assurément la décadence d'une société de plus en plus dominée par la bourgeoisie mercantile. Le fantôme se moque d'ailleurs des photographies de Mr. Otis et de son épouse qui ont remplacé dans le vestibule d'honneur les tableaux des ancêtres des Canterville. Otis, qui médite d'écrire une histoire du parti démocrate, n'en est pas moins flatté que sa fille Virginia épouse le descendant d'une vieille et noble famille anglaise, même s'il répète de façon presque automatique qu'il entend toujours agir selon « les principes sévères de la simplicité républicaine ».

Autour de ce chef de famille, dont l'autorité n'a rien de rébarbatif, sont répartis les autres personnages, sobrement tracés par Wilde. Mrs. Otis représente une femme vive, elle aussi capable d'humour, involontaire sans doute, quand elle apporte un élixir au fantôme pour qu'il soigne une éventuelle indigestion ! Le fils aîné Washington (son prénom est une véritable affiche électorale) renchérit sur l'esprit positif de son père. Il est le premier à utiliser une technique toute moderne pour effacer les fâcheux restes du passé, quand il applique un détergent sur la tache de sang qui, dans la bibliothèque, signale le meurtre ancien commis par Simon de Canterville. Informé des récentes recherches de la Société de Parapsychologie, il songe — quand il voit revenue la tache qu'il avait fait disparaître — à envoyer une communication à « MM. Myers et Podmore », dont les noms étaient alors célèbres[1] et qui témoignaient de l'intérêt, en cette fin de siècle, des scientifiques pour les phénomèmes supranaturels. D'illustres physiciens, comme William Crookes, se pencheront avec le plus grand sérieux sur les problèmes posés par les spectres, les ectoplasmes, etc. Esprit fort, c'est encore Washington Otis qui a l'idée de fabriquer un faux spectre et provoque ainsi une rencontre désopilante entre le vrai fantôme et son ersatz.

Wilde a complété cette famille d'incrédules par le tandem jubilatoire des jumeaux, surnommés « Stars and Stripes », les « étoiles » et les « rayures » (du drapeau américain). Nullement ébranlés par l'aspect du spectre, comme devraient l'être des enfants de bonne éducation, ils multiplient contre lui farces et attrapes. Leur puérilité renverse avec entrain trois siècles de hantise.

Virginia, personnage de conte de fées

Enfin, la gracieuse Virginia introduit dans le récit une tonalité qui rappelle celle des contes de fées Seule à ne pas plaisanter au sujet de la tache de sang, elle laisse prévoir en réagissant ainsi quelle importance particulière elle prendra par la suite. Elle sait, en fait, que le fantôme ne trouve rien de mieux que d'utiliser les couleurs de sa boîte de peinture pour raviver l'éclat de la fameuse tache ! Charmante, elle devait rencontrer un authentique prince — charmant lui aussi, le duc de Cheshire. La fin du fantôme verra donc l'accom-

1. Myers (1843-1901), poète et auteur d'une étude sur Wordsworth, faisait partie de la *Society for Psychical Research*. Ses thèses sur le message automatique intéresseront encore André Breton en 1930. Il avait écrit notamment *Phantasms of the Living*.

plissement d'une histoire d'amour. Grâce à Virginia, Wilde confère une dimension imprévue à sa nouvelle, qui ne semblait d'abord écrite qu'en vue de divertir. Alors que le fantôme n'avait échangé que peu de mots avec les Otis, il ne dédaigne pas d'engager la conversation avec Virginia. Si le ton de la plaisanterie domine les premières phrases prononcées par la jeune fille férue de moralisme naïf, un attendrissement sincère bientôt se fait jour, et le rire ou le sourire cèdent place à l'émotion : « Virginia devint toute grave, et ses petites lèvres frémirent, pareilles à des pétales de rose. » Quand, par l'imagination de Wilde, Virginia, à la suite du fantôme, traverse le mur, nous retrouvons l'univers fantastique que l'auteur avait mis tant de soin à déconstruire auparavant. Virginia, de retour, sera celle qui authentiquement aura franchi la muraille du réel, transgressé le présent et qui rapportera de l'au-delà des maximes de sagesse que seul un cœur pur comme le sien était capable d'entendre. Sa réapparition, d'abord perçue par les Otis comme l'aboutissement d'une mauvaise farce, n'offre plus le caractère hilarant des précédentes manifestations fantomatiques. Elle donne lieu à la découverte, macabre cette fois, du squelette d'un homme dont on devine les ultimes souffrances et, pour équilibrer ce sombre tableau par un signe merveilleux de régénération, à la floraison d'un vieil amandier que l'on croyait mort depuis longtemps[1].

1. Cet amandier qui refleurit est une authentique allusion à l'arbre merveilleux du couvent de Monçada dans le *Melmoth* de Maturin.

Le Crime de Lord Arthur Savile

Mondanités et prophéties

Parmi les nouvelles publiées durant l'année 1887, Wilde semble avoir préféré *Le Crime de Lord Arthur Savile*. Ce récit ne repose pas sur le fantastique comique qui fait tout l'intérêt et l'originalité du *Fantôme de Canterville* ; mais il offre un aperçu intéressant sur la société victorienne. Wilde crée ici des personnages d'une certaine consistance. Certes, son parti pris de brièveté lui interdit toute enquête psychologique approfondie ; mais l'entrée en matière du récit donne à voir sur le milieu mondain dont il connaissait parfaitement les faiblesses et les charmes. Avec un humour qui va jusqu'à la satire, il présente ce monde varié où des pairesses discutent avec des extrémistes, où des prédicateurs fréquentent des sceptiques. Soyons les bienvenus au salon de la séduisante Lady Windermere. Comme dans *Le Fantôme de Canterville*, il faut attendre pour qu'apparaisse le héros. Il se détache d'un certain nombre de rôles secondaires préalablement dépeints avec brio. Le *suspense* est d'autant mieux ménagé que ces invités présentés comme des êtres futiles sont toutefois, en cette fin de soirée, confrontés à leur destin, sur un mode mineur il est vrai, puisqu'un chiromancien leur lit l'avenir dans le creux de la main. Les révélations qu'apporte le petit Mr. Podgers semblent devoir être prises au sérieux. Wilde occupe ainsi les marges du conte fantastique qui souvent narre des histoires de prémonition. Cependant, l'avenir tel qu'il fut dévoilé au héros ne sera jamais communiqué au lecteur. Wilde sur ce point a l'habileté de n'en rien dire ; mais l'effroi de Podgers lui-même, la peur non moins grande de Lord Savile laissent entendre quelle horrible destinée fut prédite par le chiromancien.

La logique du destin

D'Arthur Savile, sur lequel se concentre bientôt le point de vue du narrateur, nous ignorons l'aspect physique. Nous savons qu'il est riche et surtout qu'il est le fiancé d'une jeune beauté londonienne, Sybil Merton. A ce titre, son destin le préoccupe ; confiant dans sa bonne étoile, il n'attend rien d'autre de Mr. Podgers que la confirmation de ce qu'il imagine être son futur bonheur. L'histoire, du reste, se terminera bien, non sans connaître toutefois quelques remarquables incidents de parcours. Dans cette nouvelle, Wilde ne prétend nullement toucher des profondeurs psychologiques. Il souhaite surtout nous montrer, voire nous démontrer, selon les procédés d'une logique distrayante, la toute-puissance de la fatalité. Tout est écrit, dans le creux de la main ou sur ce « grand rouleau » dont Diderot parlait déjà dans son *Jacques le fataliste*. Car nous devinons que Lord Savile doit commettre un meurtre s'il veut se marier (telle est la probable prédiction que lui fit Podgers). Il lui faut donc remplir ce *devoir*. Le mot revêt ici une singulière ambiguïté, puisque c'est *un devoir d'immoralité* auquel est contraint le malheureux héros. En véritable joueur d'échecs ou en incomparable logicien, Wilde nous présente une « étude » *(study)* ; il traite d'un *cas* épineux (il s'arrangera toutefois pour que la morale soit sauve dans toute cette affaire). Ainsi se trouve posé à rebours un problème policier qui, bien sûr, dut l'enchanter et n'aurait pas moins séduit son illustre précurseur en la matière, Edgar Poe. Il ne s'agit plus alors de découvrir le coupable, mais quelle victime frapper et par quels moyens, l'humour noir voulant en ce cas que le principal révélateur du crime nécessaire, Mr. Podgers, soit également la « bonne » victime. Nouvelle énigmatique, *Le Crime de Lord Arthur Savile* met en jeu l'ironie des choses. Cette ironie se confond avec une incroyable évidence qui échappe à celui qui émet la prédiction comme à celui qui la reçoit. Le moins complexe et le plus inattendu coïncident. Le « retour à l'envoyeur » prend des proportions aussi stupéfiantes que réjouissantes. Le problème auquel Savile est confronté trouve sa solution par une simplification quasi magique qui tient du tour de passe-passe et provoque chez le lecteur une prime de plaisir — comme ailleurs elle peut remplir d'effroi, quand, par exemple, dans le drame antique, Œdipe se découvre le coupable désigné par les oracles.

De pittoresques victimes

N'est-ce pas d'ailleurs à l'enseigne de cette prime de plaisir que doit être placé l'ensemble de la nouvelle où l'on fait bon marché de l'intention criminelle, à vrai dire toujours détournée de son but et comme malicieusement soustraite aux volontés de son auteur ? Suivant en cela un processus courant dans les contes traditionnels, le héros connaît deux échecs avant de réussir — et comme par hasard — sa troisième tentative. Wilde en profite pour tracer le délectable portrait de victimes potentielles. Loin de faire œuvre originale, il se plaît alors à décrire des types bien répertoriés dans l'univers du roman et de la comédie : la vieille fille et le collectionneur maniaque. Mais il les accommode aux nécessités de l'intrigue et du milieu social dépeint. Voici donc Lady Clementina, dite Lady

Clem, fort riche et souffrant de maux d'estomac. Le court dialogue qu'elle échange avec son assassin révèle un esprit caustique et d'un rare égocentrisme. Quant au brave doyen de Chichester, il n'est pas sans évoquer certains personnages bien anglais, poussés à l'ombre d'un presbytère, dans un village de fantaisie, au royaume fréquenté par l'Alice de Lewis Carroll[1]. Ce collectionneur d'horloges, de pendules et de montres voit-il lui-même le temps passer ? Il semble vivre dans une quiète éternité où les menées de Lord Savile ne sauraient l'atteindre. Les infaillibles lois du Destin épargneront sa tête auguste, et cet homme paisible que devait réduire en miettes un engin meurtrier célébrera benoîtement le mariage de Lord Savile et de Sybil Merton, de même que Lady Clementina livrera la plus grande partie de sa fortune à son empoisonneur le plus dévoué.

Une inquiétante esthétique

Comme le Des Esseintes d'*A rebours*, roman de J.K. Huysmans dont nous avons parlé, Wilde aimait les objets rares. Savile, en vue des deux premiers meurtres qu'il veut commettre, en utilise certains qui fascinent par leur caractère étrange ou burlesque. La pilule empoisonnée qu'il confectionne à l'usage de Lady Clem est tout bonnement une insolite merveille, une « petite capsule transparente avec sa bulle flottante d'aconitine liquide ». Savile l'enferme dans une riche bonbonnière et Sybil la retrouvera comme un curieux bijou qui, ambré, avec sa « bulle de poison », attire vite son admiration. De même, la pendule explosive destinée à tuer le doyen est à plus d'un titre un petit

1. *Alice au pays des merveilles* avait paru à Londres en 1865.

chef-d'œuvre. Sa minuterie destructrice a été fabriquée par un maître, un homme qui vit « exclusivement pour son art ». Pour trouver ce mortel objet, Savile lui-même a dû pénétrer dans les ténèbres de Londres, aller d'un homme à l'autre, du comte Rouvaloff, agent nihiliste *in partibus* (la France et l'Angleterre regorgeaient alors de ces exilés russes qui voulaient mettre le monde à feu et à sang) à l'expert dynamiteur Herr Winckelkopf. Quant à la pendule recelant le mécanisme meurtrier, elle porte en effigie « la Liberté foulant aux pieds l'hydre du Despotisme ». Cette petite Liberté de métal que l'explosion très partielle et pour tout dire ridicule de la pendule jettera bas, le doyen commentera sa chute en termes pompeux et bien déplaisants pour des républicains convaincus : « La liberté ne peut durer, mais il faut qu'elle s'écroule ! »

Un être double

Wilde, en créant le personnage de Lord Savile, formait un être double, poursuivant son existence de mondain, mais hanté par la prophétie faisant de lui un futur assassin. Dans les mêmes années (1886), Stevenson venait de publier *Le Cas étrange du Dr. Jekyll et de Mr. Hyde*, livre qui connut immédiatement un énorme succès. Certes, contrairement à Jekyll, Savile conserve son identité ; mais le lord frappé par la révélation le concernant pense que « la plupart des hommes et des femmes sont contraints de jouer des rôles pour lesquels ils ne sont aucunement qualifiés ». Avec une amusante conscience du devoir à accomplir qui touche à l'esthétisme paradoxal de Thomas de Quincey (auteur de l'essai *De l'assassinat considéré comme l'un des beaux-arts*[1]), avec également une forte dose de cynisme, il cherche sa victime, comme on tenterait de résoudre un problème d'échecs. Son insolite promenade dans le Londres nocturne et populaire, au cours du deuxième chapitre, illustre bien *l'autre* qui couve en lui. Au sortir de la soirée donnée par Lady Windermere, Savile est en effet livré aux forces maléfiques de la nuit. Il erre « dans des ruelles étroites et infâmes », il découvre un monde menaçant, celui de la misère et de la cruauté. Tombant face à un avis de recherche, il se demande s'il n'est pas le premier concerné : « Quelque jour, peut-être, sa tête serait également mise à prix. » Sa traversée d'un milieu interlope s'achève cependant aux heures merveilleuses de l'aube quand Londres apparaît, « vierge du péché de la nuit ». Un tel parcours de signification symbolique, Wilde s'en souviendra dans son roman *Le Portrait de Dorian Gray* où Gray, après avoir définitivement quitté sa maîtresse qui porte aussi le prénom de Sybil, passe par « des rues vaguement éclairées, rasant des porches bas et sombres et d'inquiétants logis[2] ». Ni Savile ni Gray n'éviteront les arrêts du Destin à ceci près que, tous deux échappant au châtiment des hommes, l'un toutefois (Gray) ne parviendra pas à sortir des cercles infernaux où il s'enfonce progressivement, alors que l'autre (Savile) atteindra finalement le bonheur ici-bas. Il reste que le personnage du lord, élégant et léger, se transforme au cours de la nouvelle ; un *alter ego* spirituellement démoniaque se fait jour en lui ; ce discret changement de personnalité se confirme lorsqu'il lit avec acharne-

1. La première version de cet essai sarcastique parut en 1827. De Quincey y parlait de la beauté artistique du crime parfait.
2. Voir septième chapitre, pp. 120-121 de l'édition dans Le Livre de Poche.

ment de savants traités de chimie qu'il croyait bien ne jamais ouvrir un jour, ou quand il déambule dans le quartier grec où rien n'aurait dû l'attirer ou bien encore quand il descend près du fleuve, sur le Thames Embankment souvent fréquenté de nuit par les désespérés. A ce moment-là, détaché du réel et de sa personne diurne, il lui semble vivre « un rêve étrange » et c'est dans ce climat insolite que s'accomplira son destin — dont il n'est alors que l'exécutant.

***

Les nouvelles écrites par Wilde à cette époque sont — on l'a constaté — résolument optimistes ; même si *Le Crime de Lord Arthur Savile* prélude à quelques passages sombres du *Portrait de Dorian Gray*, Wilde veut terminer sur une note gaie : le mariage — qui déjà concluait *Le Fantôme de Canterville*. Le mariage est perçu par lui comme l'aboutissement d'un parcours périlleux (d'autres diraient « initiatique »). Le mot de la fin, qui n'oublie pas la chiromancie, remet en cause cet art problématique ; mais le lecteur, fort de ce qu'il vient de lire (et qui sait ce que Lady Windermere et Sybil Merton ignorent), songe, intrigué malgré tout par cette fiction, aux éloquentes bizarreries du sort et à l'ironie des coïncidences.

Le Millionnaire modèle et *Le Sphinx sans secret*

Restent ces petits riens dont Wilde avait aussi le secret et qu'il savait égrener au fil d'une conversation, en faisant croire, au besoin, qu'il les improvisait, alors qu'il en avait soigneusement élaboré la trame.

Une fantaisie

Assurément, *Le Millionnaire modèle* est construit sur un simple jeu de mots, puisqu'il narre l'histoire d'un *modèle* millionnaire posant au besoin en pauvre hère pour un peintre de ses amis. Le geste de générosité dont il sera l'objet vaudra à son passager bienfaiteur, le modeste Hughie Erskine, une récompense d'importance qui lui permettra d'épouser la jeune fille de ses rêves. Cette *story* s'achève encore sur une belle histoire d'amour. Optimiste et touchante, elle rappelle certains petits contes d'Alphonse Allais où l'attendrissement l'emporte sur l'ironie. Cette fable — nous assure Wilde — n'est qu'une « note admirative ». Eût-il été capable, quant à lui, de tant de largesse ? Il savait combien l'argent contribue aux plaisirs de la vie ; mais en esthète convaincu il nous montre ici la valeur d'un *beau* geste (à condition, bien entendu, d'être plus tard coté en bourse !).

Une attente déçue

Le Sphinx sans secret n'est également qu'une « eau-forte », non pas petit poème en prose, mais histoire où cette fois le narrateur affirme sa présence sous l'aspect de la première personne : « J'étais assis, un après-midi, à la terrasse du Café de la Paix », mais pour vite céder place à un autre conteur, un certain Murchison, dont il nous dit, afin de rendre plus crédible son propos, qu'il fut un de ses amis à Oxford. L'histoire ainsi rapportée nous permet de suivre à la trace une femme mystérieuse à souhait, Lady Alroy. Se déroulant sur un mode qui exclut le comique, la narration suggère une continuelle étrangeté ; elle tend cependant à prouver qu'il peut exister des énigmes *par défaut*. Le génie de Wilde consiste à réduire le mystère au pur et simple *besoin de mystère* savamment choyé par un être. Une subtile déception s'ensuit chez le lecteur. Mais la fugitive Lady Alroy, Joconde préraphaélite, n'a peut-être pas encore livré tout son secret. En dépit du verdict prononcé par Wilde, la dernière phrase continue de résonner en nous, infiniment dubitative : « Je me le demande ? » Quelques années plus tard, Wilde se souviendra de ce bref récit pour illustrer par un bon mot la misogynie de Lord Henry, l'un des personnages du *Portrait de Dorian Gray.* Celui-ci, appelé à donner une définition de la femme, lancera en manière de boutade : « Des sphinges sans secret[1]. »

L'œuvre et son public

Les premières nouvelles de Wilde, dès qu'elles furent publiées en revue, obtinrent un vrai succès, même si à l'époque de leur publication les multiples emprunts qu'elles contenaient étaient particulièrement sensibles aux lecteurs. L'opinion d'un proche, Lord Douglas, bien qu'on puisse la taxer de partialité, n'est pas négligeable, en l'occurrence. Il voit dans ces textes une « imitation de Robert Louis Stevenson et de ses *Nouvelles Mille et Une Nuits* » et conteste leur « charme exquis » ou leur « humour mordant », termes flatteurs

1. Voir le dix-septième chapitre, p. 253 de l'édition dans Le Livre de Poche.

par lesquels les admirateurs de Wilde les caractérisaient. *Le Fantôme de Canterville* lui semble un plagiat médiocre d'un conte aujourd'hui oublié : *Cécile de Noël* de Lanoe Falconer ; *Le Sphinx sans secret* est à ses yeux une « déception plate et surannée » et il estime *Le Millionnaire modèle* « une de ces historiettes auxquelles les hebdomadaires anglais accordent le prix d'une guinée ». Mais la postérité devait réserver la place d'honneur à ces *stories* d'un humour sans défaut qui dissimulent si bien la face ombreuse du talent de Wilde. Malgré la renommée dont jouissait Wilde en France, elles n'y furent pourtant traduites que tardivement. *Le Crime de Lord Arthur Savile* et les autres contes paraissent chez Stock en 1905-1906. Une autre traduction sera donnée chez Calmann-Lévy en 1921, et l'ensemble des contes de Wilde sera publié, traduit par Jules Castier, chez Stock en 1945. Ces éditions prouvent un succès certain. Si les *stories* de Wilde ne donnèrent jamais lieu à de longs commentaires (on retiendra la postface de Philippe Jullian à l'ancienne édition des *Contes et nouvelles* dans Le Livre de Poche en 1972 et la préface de Jacques de Langlade au premier volume des *Œuvres* paru chez Stock en 1975), il faut relever surtout les nombreuses adaptations cinématographiques — dont plusieurs très célèbres — qu'on en fit. En France, dès 1922, à l'époque du muet, *Le Crime de Lord Arthur Savile* devint un film réalisé par R. Hervil (avec A. Nox, C. Mannering et Catherine Fonteney dans la distribution). Deux ans plus tard, le Hongrois Paul Fejos en proposait à son tour une adaptation. Julien Duvivier devait le tourner à Hollywood en 1943 sous le titre *Flesh and Fantasy* (devenu en France *Obsession*), Charles Boyer interprétant le rôle de Lord Savile. Quant au *Fantôme de Canterville*, il fut tourné en 1944 par Jules Dassin, et tout le monde connaît la savoureuse version qu'en donna René Clair dans *Fantôme à vendre* (1936) d'après un conte d'Eric Keown, lui-même inspiré de l'œuvre de Wilde.

Biographie

1854. — Naissance d'Oscar Wilde à Dublin, en Irlande.

1874-1878. — Brillantes études au Trinity College de Dublin, puis au Magdalen College d'Oxford. En 1878, il obtient le prix Newdigate de poésie. Il s'installe à Londres.

1881. — Wilde publie à compte d'auteur un recueil, *Poèmes*.

1882. — Il séjourne aux États-Unis et au Canada où il fait une tournée de conférences portant sur l'art nouveau. Ses prestations sont diversement accueillies, mais il devient très populaire. Lors d'un deuxième séjour en 1883, sa tragédie *Vera* est représentée, mais ne reçoit qu'un accueil médiocre.

1884. — Wilde abandonne momentanément sa vie de dandy. Il se marie avec Miss Constance Lloyd dont il a deux fils, Cyril et Vivian.

1887. — Il se consacre au journalisme et prend la direction d'une revue de mode, *The Woman's World*. Il publie en revue des contes, dont *Le Crime de Lord Arthur Savile* et *Le Fantôme de Canterville*. Ils seront réunis en volume en 1891.

1888. — *Le Prince heureux et autres histoires.*

1889. — *Le Portrait de Mr. W.H.*, essai sur l'adolescent à qui Shakespeare dédia ses *Sonnets*. Rencontre avec Lord Alfred Douglas.

1890. — *Le Portrait de Dorian Gray*, roman, œuvre la plus célèbre de Wilde, paraît en revue et sera publié, précédé d'une brève préface d'aphorismes, l'année suivante, en volume.

1891. — *Une maison de grenades*, nouvelles.

Intentions, confession esthétique regroupant quatre textes dont *Plume, pinceau et poison*, essai consacré au curieux écrivain Wainewright.

L'Ame de l'homme sous le socialisme paraît dans la *Fortnightly Review*.

Entre 1891 et 1892, période où il vient souvent à Paris, Wilde écrit directement en langue française une tragédie biblique en un acte, *Salomé*. Elle sera créée à Paris par Sarah Bernhardt en février 1896 au Théâtre de l'Œuvre, mais interdite de représentation à Londres.

Plus tard, en 1909, Richard Strauss composera sur ce texte un opéra.

1892-1893. — Deux comédies de Wilde sont représentées : *L'Éventail de Lady Windermere* et *Une femme sans importance*.

1895. — Le scandale de sa vie privée éclate. Il est condamné le 25 mai à deux ans de travaux forcés à la suite d'un procès retentissant avec le marquis de Queensberry, le père de Lord Douglas. Ses livres sont retirés du commerce, son nom disparaît des affiches de théâtre. On continue cependant à jouer sa comédie *De l'importance d'être sérieux*.

1895-1897. — Wilde est incarcéré au bagne de Reading. Pendant les derniers mois de sa captivité, il a cependant l'autorisation d'écrire. De janvier à mars 1897, il compose alors son *De Profundis*, confession sous forme de lettre où il repense sa vie. Cet ouvrage sera publié posthume en 1905, mais la version intégrale n'en paraîtra qu'en 1960.

En mai 1897, Wilde, sortant de prison, quitte l'Angleterre et s'installe dans le hameau de Berneval, près de Dieppe. Il y écrit la plus grande partie de la *Ballade de la Geôle de Reading* qu'il signe de son simple matricule de prisonnier, C.3.3.

Fin août 1897, il rejoint Douglas à Naples.

En décembre 1897, il s'installe à Paris.

1898. — Publication de la *Ballade de la Geôle de Reading.* A Paris, Wilde mène une vie de plus en plus désordonnée, fréquente la bohème, se commet avec des individus peu recommandables et abuse de l'alcool.

30 novembre 1900. — Wilde meurt à Paris à l'hôtel d'Alsace, 13, rue des Beaux-Arts (dans le Quartier latin).

Bibliographie

Lord DOUGLAS, *Oscar Wilde et moi*, trad. française, Paris, Émile-Paul, 1917.

STUART MASON, *Bibliography of Oscar Wilde* 1907. Réimprimée en 1967. *Oscar Wilde and the Aesthetic Movement*, 1920.

FRANK HARRIS, *La Vie et les Confessions d'Oscar Wilde*, 1918. Traduction française en 1928, Mercure de France.

LÉON LEMONNIER, *La Vie d'Oscar Wilde*, éd. de la Nouvelle Revue critique, 1931.

ALBERT J. FARMER, *Le Mouvement esthétique et*

« décadent » en Angleterre (1873-1900), H. Champion, 1931.

ANDRÉ GIDE, *In memoriam (Souvenirs). Le « De Profundis »*, Mercure de France, 1946.

ROBERT MERLE, *Oscar Wilde*, Hachette, 1948.

MONTGOMERY HYDE, *Oscar Wilde, les années maudites* (trad. par Pierre Kyria), Mercure de France, 1968.

JACQUES DE LANGLADE, *Oscar Wilde, écrivain français*, Stock, 1975.

Table

Commentaires

Crédit illustrations : J.-L. Charmet

Oscar Wilde
Dans Le Livre de Poche

La Ballade de la geôle de Reading / De profundis n°16055

« Pour nous, il n'est qu'une saison : de la douleur. Le soleil et la lune mêmes semblent nous avoir été ravis. Dehors, le jour peut être d'azur ou d'or, mais la lumière qui filtre à travers la vitre obscurcie de la petite fenêtre aux barreaux de fer, sous laquelle nous nous asseyons, est grise et misérable. C'est toujours le crépuscule dans notre cellule, comme c'est toujours le crépuscule dans notre cœur. »
Condamné pour homosexualité, Wilde rédige *De profundis* dans la prison de Reading, et si cette longue lettre adressée à son jeune amant, Lord Alfred Douglas, évoque leur passé commun, elle est aussi pour l'écrivain le moyen de se retrouver, comme s'il lui fallait retisser le tissu défait d'une existence à la fois futile et perdue. Un an plus tard, en 1898, il publie *La Ballade de la geôle de Reading,* poignant poème sur l'horreur de l'incarcération et sursaut de l'esprit contre l'injustice, mais également défense de l'art, en dépit de tout. C'est la dernière œuvre de Wilde.

Contes et récits n°16054

En 1888, lorsque Oscar Wilde publie *Le Prince heureux et autres contes*, il attend de ce livre qu'il assoie une réputation encore mince – et c'est bien en effet son premier succès de librairie. Certains de ces textes sont des contes merveilleux, d'autres mettent en scène des animaux, d'autres encore sont satiriques : pages pleines d'humour où se fait jour souvent le ton joyeusement désabusé qui sera plus tard celui de ses comédies.

Cette diversité inventive et brillante se retrouve dans tous les récits des années suivantes qui se moquent du sérieux et se jouent du devoir : histoire policière avec *Le Crime de Lord Arthur Saville*, histoire d'amour avec *Le Fantôme des Canterville*, mais histoires aussi de supercherie avec *Le Millionnaire modèle* et *Le Portrait de M. W. H.*, car la vérité n'est pas plus authentique que l'apparence. Wilde prend le parti de l'ironie et de la satire, et l'élégance l'emporte sur la morale dans un monde où rien n'échappe jamais au truquage – pas même la mort.

Ce volume comprend tous les contes et récits de Wilde : *Le Prince heureux et autres contes, Une maison de grenades, Le Crime de Lord Arthur Saville et autres contes, Le Portrait de M. W. H.*

Le Crime de Lord Arthur Saville
et autres contes n°3127

Que l'assassinat froid et délibéré puisse être un devoir sacré, une preuve d'amour : voilà une situation rare, unique peut-être, dans les annales de la littérature criminelle... Tel est bien pourtant l'acte qu'exige de lui-même Lord Arthur Saville, intransigeant avec l'honneur, et qu'envisage l'auteur du *Portrait de Dorian Gray*, hanté par la fatalité qui conduit certains êtres vers le mal.

Si les mésaventures du fantôme des Canterville, bafoué par des Américains pragmatiques, sont devenues un classique de l'humour, bien d'autres facettes du prodigieux talent d'Oscar Wilde nous sont révélées ici. Érudition et génie de l'enquête avec *Le Portrait de M. W. H.* ; sensibilité sociale avec *Le Jeune Roi* ; goût du merveilleux et des contes avec *Le Géant égoïste*... L'ironie, l'émotion, le macabre, la fantaisie et la gravité d'un moraliste impertinent et sensible se partagent ces récits admirablement ciselés par l'un des plus étincelants écrivains d'Angleterre.

Intentions n°16056

En 1891, c'est-à-dire l'année même où il fait paraître, précédé d'une préface qui résume ses théories esthétiques, *Le Portrait de Dorian Gray*, Oscar Wilde, sous le titre d'*Intentions*, rassemble quatre études critiques : « Le declin du mensonge », « Plume, pinceaux, poison », « La critique est un art » et « La vérité des masques ».
Le recueil a sans doute souffert de sa trop grande proximité avec les formules si frappantes que propose la préface du *Portrait*. S'il mérite cependant d'être aujourd'hui redécouvert, c'est qu'Oscar Wilde y renouvelle l'esthétique de son époque, en prenant aussi bien pour cible la respectabilité victorienne qu'une modernité étriquée. En refusant l'alliance de l'art et de la morale et la superposition du Bien et du Beau, il nous propose une pensée de la transgression qui ne s'interdit ni le brillant du paradoxe ni le mordant du polémique.

Le Portrait de Dorian Gray n°569

« Au centre de la pièce, fixé à un chevalet droit, se dressait le portrait en pied d'un jeune homme d'une extraordinaire beauté physique, devant lequel, à peu de distance, se tenait assis le peintre lui-même, Basil Hallward, celui dont, il y a quelques années, la disparition soudaine a, sur le moment, tant ému le public et donné lieu à d'étranges conjectures. »

Or Dorian Gray, jeune dandy séducteur et mondain, a fait ce vœu insensé : garder toujours l'éclat de sa beauté, tandis que le visage peint sur la toile assumerait le fardeau de ses passions et de ses péchés. Et de fait, seul vieillit le portrait où se peint l'âme noire de Dorian qui, bien plus tard, dira au peintre : « Chacun de nous porte en soi le ciel et l'enfer. »
Et ce livre lui-même est double : il nous conduit dans un Londres lugubre et louche, noyé dans le brouillard et les vapeurs d'opium, mais nous ouvre également la comédie de salon des beaux quartiers. Lorsqu'il parut, en 1890, il fut considéré comme immoral. Mais sa singularité, bien plutôt, est d'être un roman réaliste, tout ensemble, et un roman d'esthète – fascinants, l'un et l'autre, d'une étrangeté qui touche au fantastique.

Le Portrait de M. W. H. n°14185

Qui est l'énigmatique « M. W. H. » à qui sont dédiés les *Sonnets* de Shakespeare parus en 1609 ? La mystérieuse dédicace écrite alors par l'imprimeur a fait couler beaucoup d'encre, et de multiples hypothèses sont encore de nos jours évoquées. Lorsqu'il publie cette première version du *Portrait de M. W. H.* en 1889, Oscar Wilde se fait l'écho de certaines théories existantes, et montre qu'il connaît parfaitement non seulement le contexte élisabéthain des *Sonnets,* mais le texte des étranges poèmes où le grand dramaturge exprime la flamme subtile et passionnée d'un amour complexe qui se cache et se déploie au détour d'un vers ou d'une rime.
Reste qu'à travers ce petit drame à trois personnages noué autour de deux initiales, Wilde fait œuvre de romancier en mettant lui-même en scène ses réflexions sur l'art du faux et du mensonge, qui préside, selon lui, à toute œuvre d'art. Avec l'hypothèse de Willie Hughes, si séduisante qu'on pourrait la prendre pour argent comptant, voire mourir pour la défendre, c'est la fiction que constitue *Le Portrait de M. W. H.* qui

devient alors manière de recréer la réalité historique, alors même qu'elle la crée de toutes pièces. Tant il est vrai que, pour Wilde, la beauté d'une théorie vaut à elle seule comme théorie de la beauté.

Achevé d'imprimer en novembre 2010, en France sur Presse Offset par
Maury-Imprimeur - 45330 Malesherbes
N° d'imprimeur : 158839
Dépôt légal 1re publication : novembre 1988
Édition 18 - novembre 2010
Librairie Générale Française - 31, rue de Fleurus - 75278 Paris Cedex 06

30/4283/5